闲云
散月

黄阿忠现代诗选

黄阿忠 著

文汇出版社

I

1

51

113

177

229

265

目 录

序　阿忠：内秀处的感性世界　沈浩鹏

四季流年

寻梦行旅

折叠岁月

翻开梦页

蓝天真情

后记

序

阿忠：内秀处的感性世界

沈浩鹏

与阿忠相识亦有年头了，那时，彼此都还年轻。

阿忠的诗却是近两年才零零散散地读到。在外表的印象中，阿忠并不诗意盎然，因为诗文，才感受到他心里面的一种内秀，原来在黑黝黝的皮层深处，他是细腻的、敏感的。也是，哪个画家不是敏感的？尤其是寄情于画的艺术家。

年轻时，我们这代人都反复读过唐宋诗词，古话云：熟读唐诗三百首，不会作诗也会吟。因为久而久之，那种韵律会深埋于心，这也使我们不算是文字工作的人，偶尔也会脱口而出一些像诗的句子。五四新文化运动之后，新诗的写作变得自由了，但文字的表达方式和处理能力依然是诗文的基础，有了这一基础，就能毫无阻碍地表达自己的情感与感悟。20世纪80年代

中到 90 年代，我也写过一些所谓的现代诗，因为长于绘画的缘故，也就容易将不相关联的图像糅合在一起成为文字或诗句，于是营造出那些美妙却似乎又带着想象、带着启示的意义。

阿忠的诗犹如他的画一样，没有约定俗成的技法，却可以浑然天成，这也是因为太多年的经验累积，以及对江河湖海花虫草木的感悟。

诗言志，诗和画总是能不由自主地将内心表露无遗。好的诗，不用太多矫饰的修辞，使一种气息和画面朝你扑面而来！

即便是当代艺术家，很多人也与诗歌拧成一个整体，跟传统相比较只是多了文字与艺术作品中的哲思以及对于社会和历史的担当！

2020.6.18 于上海

闲云散月

黄阿忠现代诗选

四季流年

春

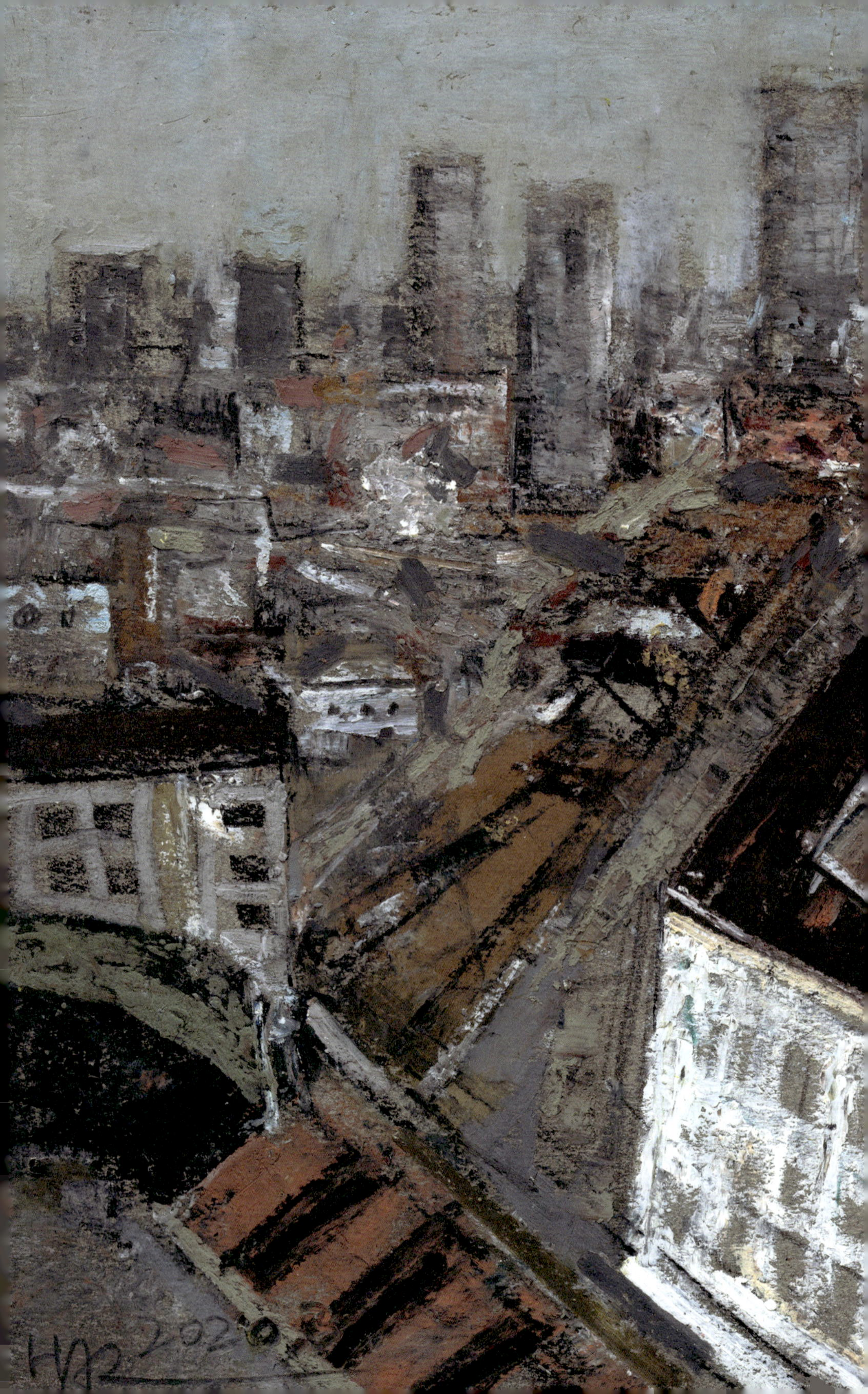

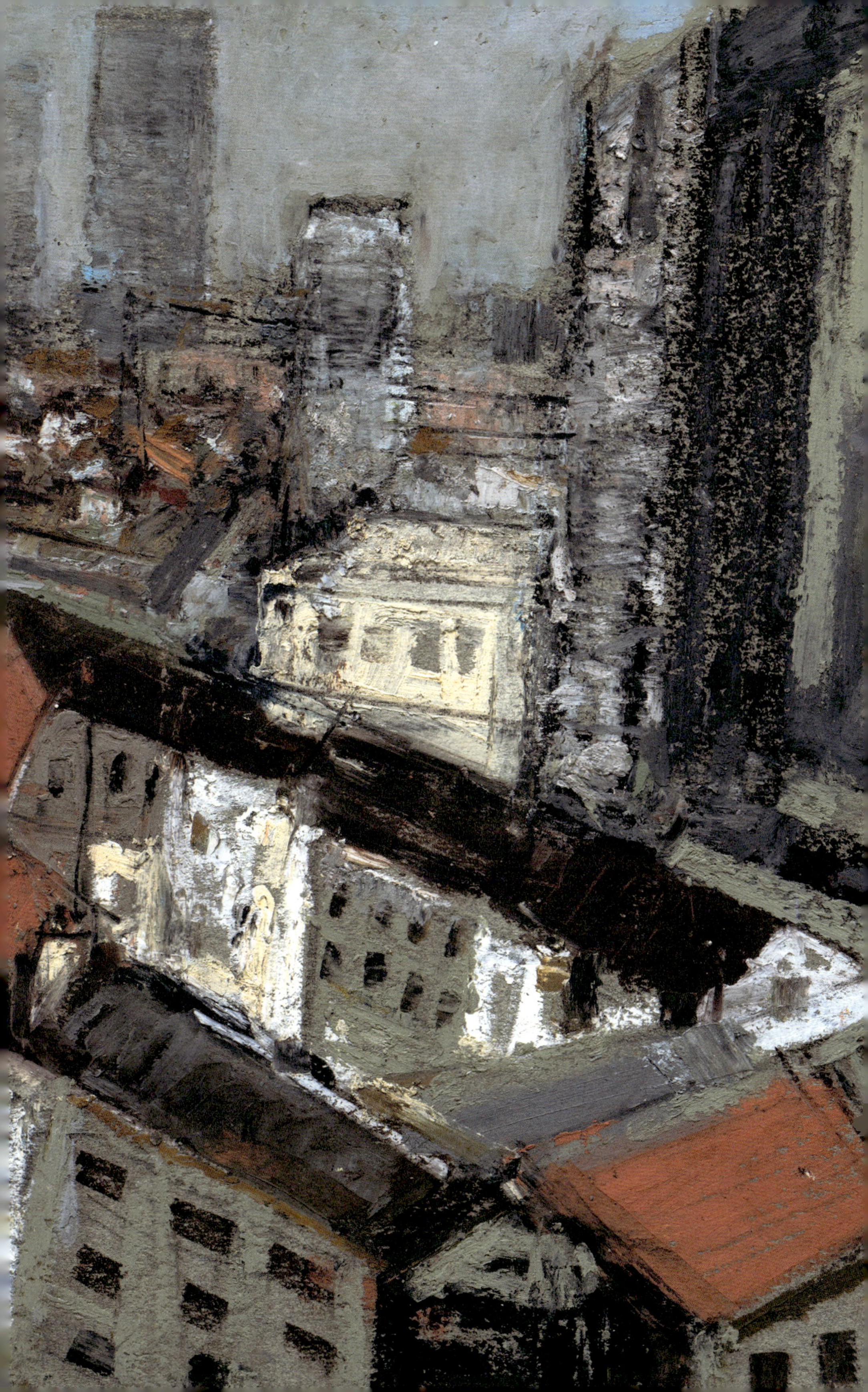

大轮船

你早，2020

太阳从地平线升起
风寒被阳光融化
春天已经进入视野
绿意倏忽盎然
陈年的钟声已经远去
鸟鸣唤醒心情
山坡的大树摇曳
根深叶茂
门前摆开茶具乘凉
街衢人车交通
车水马龙
高楼大厦鳞次合唱
在上上下下中
享受节奏的韵律
春已到夏跟随
秋天就要去收割
寒冬修身养心
迎接下一季节轮回

雨

雨是诗人的灵感
把雨洒落思绪
扬出明日的阳光

雨是画家的调色板
把雨滴入砚中
磨出五彩的墨韵

玉兰

都是月亮惹的祸

都是月亮惹的祸
你上了枝头情侣相约
好像是你的陪伴
才有了浪漫
你的皎洁
让春江开满鲜花
娇娇滴滴
忘了季节

都是月亮惹的祸

引得苏大胡子诗性大发
竟想乘风去那里
又怕不经高处寒
你的大银盘闪入水中
奏出美妙夜曲
猴儿闻声手拉手
想拉你上岸
共享明月

都是月亮惹的祸
文人骚客多情
半夜醒来
径直走向荷塘
你的光亮
把栖枝的鸟儿惊醒
你走我也走

都是月亮惹的祸
咋说外国的比我们圆
怎么到了他乡
就想家中的地上霜
你的晶莹剔透
为时代留下千年绝唱
举杯邀你
传承灿烂的微笑

风雨外滩

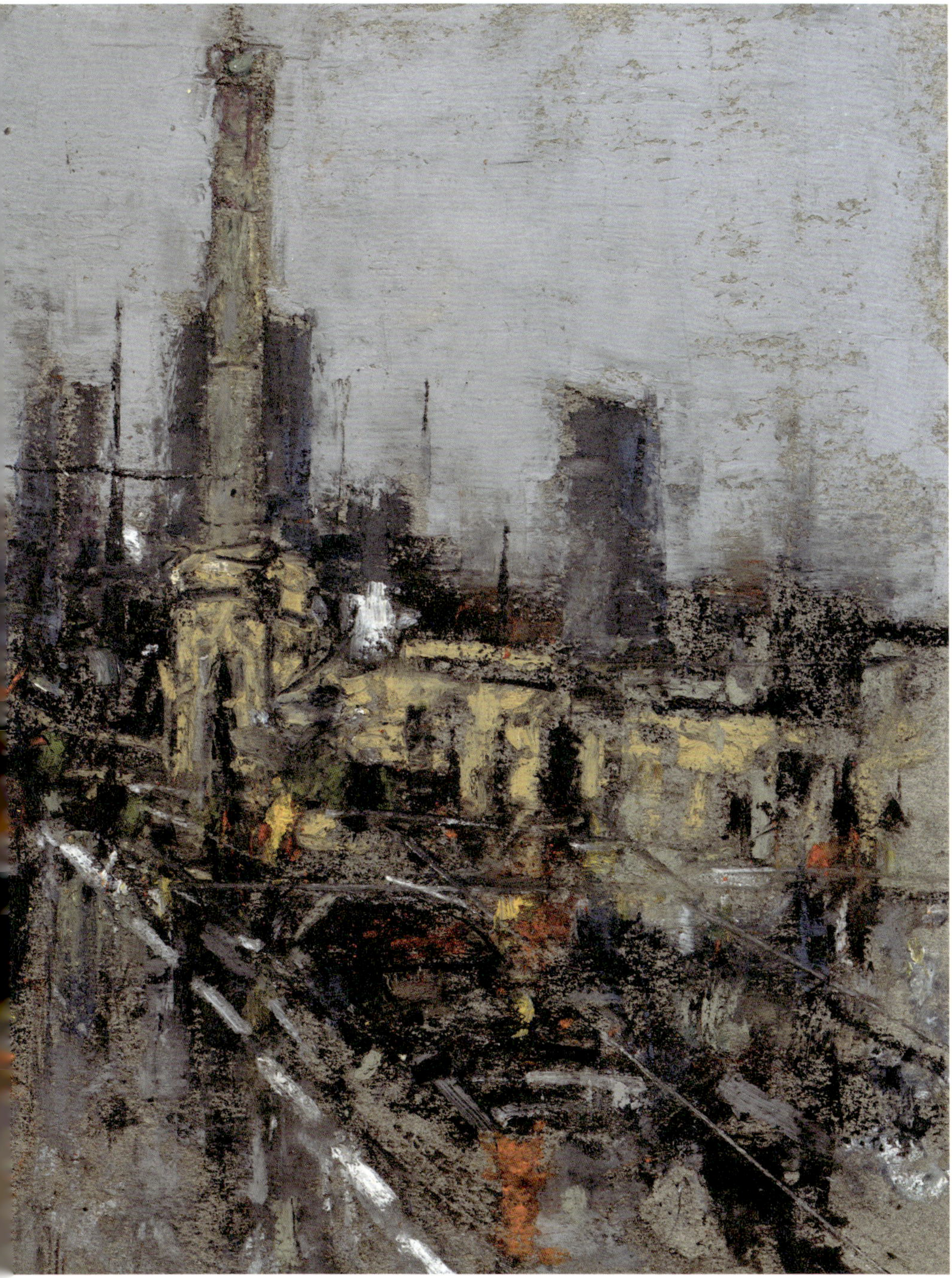

春消息

雪飘纷扬
漫天舞翩跹
申城久违晶莹剔透
万人迎精灵
风残雨停
阳光照柳枝
点点红梅竞相盛开
报道春消息

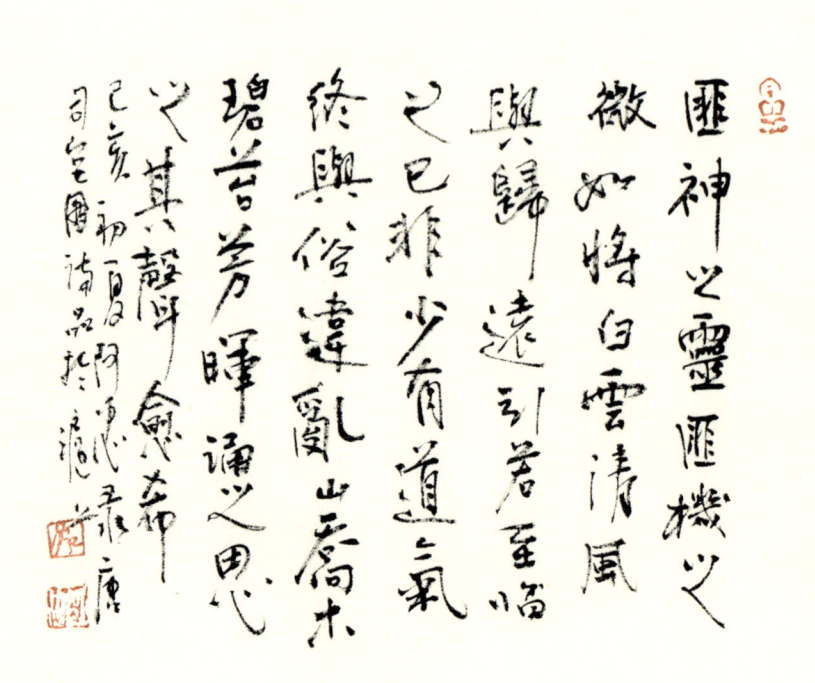

气象萧疏

忆江南　　　　水乡的静谧
　　　　　　　是一种生活与建筑的完美结合
　　　　　　　古镇的清新
　　　　　　　是历史和人文的相互映衬
　　　　　　　建筑与历史人文的和谐相处
　　　　　　　江南绽放出美丽的花蕾
　　　　　　　生活的审美在于和自然共生共存
　　　　　　　建筑的审美是黛瓦粉墙

海风

小轩窗过街楼石板路
黑白的搭配
造型的疏密有致
线条的优美流畅
它们是一幅画
亦是一首诗
更是一种文化和审美
倚南窗以寄情
幽静优雅而闲适
氤氲缭绕温润
水乡的味道气韵
在诗画中获得审美

画海　　海风吹动
贡多拉摇开闪忽的倒影
空气中弥漫着阳光的微粒
不断打破物态悸动的平衡

每个事物都包含阴阳八卦
位置和时间都有范围
在视野平台寻找
编织不尽相同的经纬
再现原始物象的本体

泊舟

蜂蝶调侃春天的花朵
随时构建美丽的磁场
雨雪带来视觉的新意
向往衔接心灵无限
艺术生命在物象的感应之中
宇宙对应万事万物
自我的精神超越辽阔的大海

风雨　　爱并不遥远
　　　　就在咫尺
　　　　铭心的擦肩
　　　　纵然翻山越岭
　　　　追天外流星

　　　　冰天那一枝梅花
　　　　绽开无数花蕾
　　　　盼望春暖花开
　　　　迎放满园的春色

　　　　不管是风还是雨
　　　　或是飘过的云
　　　　如果心中有太阳
　　　　彩虹总在风雨后

湖塘

虞美人·观云

楼台观云明月赏,浮云遮眼障。
风吹彩霞夕阳中,光照四处,飞雁叫西风。
而今观云大厦上,入夜华灯起。
月霁云散终有情,初心依旧、待梦回天明。

练塘秋色

秋风萧瑟
不用愁
她给了我们金灿
飘零的落叶
铺成一条五彩的地毯

江南秋雨
总有一种柔情
沥沥地把黑瓦晕开
水墨染成丹青

下塘街的茶干
渗入了茭白清香
弥散流芳桥畔
小舟悠悠
划开千年思幽

钟声敲响
晨曦的静谧
晚霞映云落花满天
水纹涟漪
笑看匆匆流年

枯荷

枯荷听雨声
风在那里歌唱
枝杆一抹霜天白
冰凌花开

遥指荷塘稀疏处
微见天光
连接雨雪风霜
铁铸江山

荷田

夏日的暑气
蒸透了粉色花瓣
如蝉翼抖动
摇曳着六月的碧天

四季流年

冉冉飘来的晨雾
弥漫在心间
波起净植田田
凉风习习遮住炎炎
在交错的枝杆中穿插

心中有万亩荷塘
池田月色朦胧
远方有诗一般的歌声
构筑未来世界

水乡

光

流年

我拥抱夏日的阳光
早已忘了流年的转换
一壶清茶
涌现了天地
习习凉风拂动心扉
台上六只小杯
是茶具的标配
东西南北装修乾坤
注入你的情怀
打开了案头的一扇窗口
看到了五彩的云霞
和胸中的世界

天

天空有眼睛吗
不是说
人在做天在看

其实天看不到
问其究
都是自己做的

一切都是随缘
善积德
天正好到凉秋

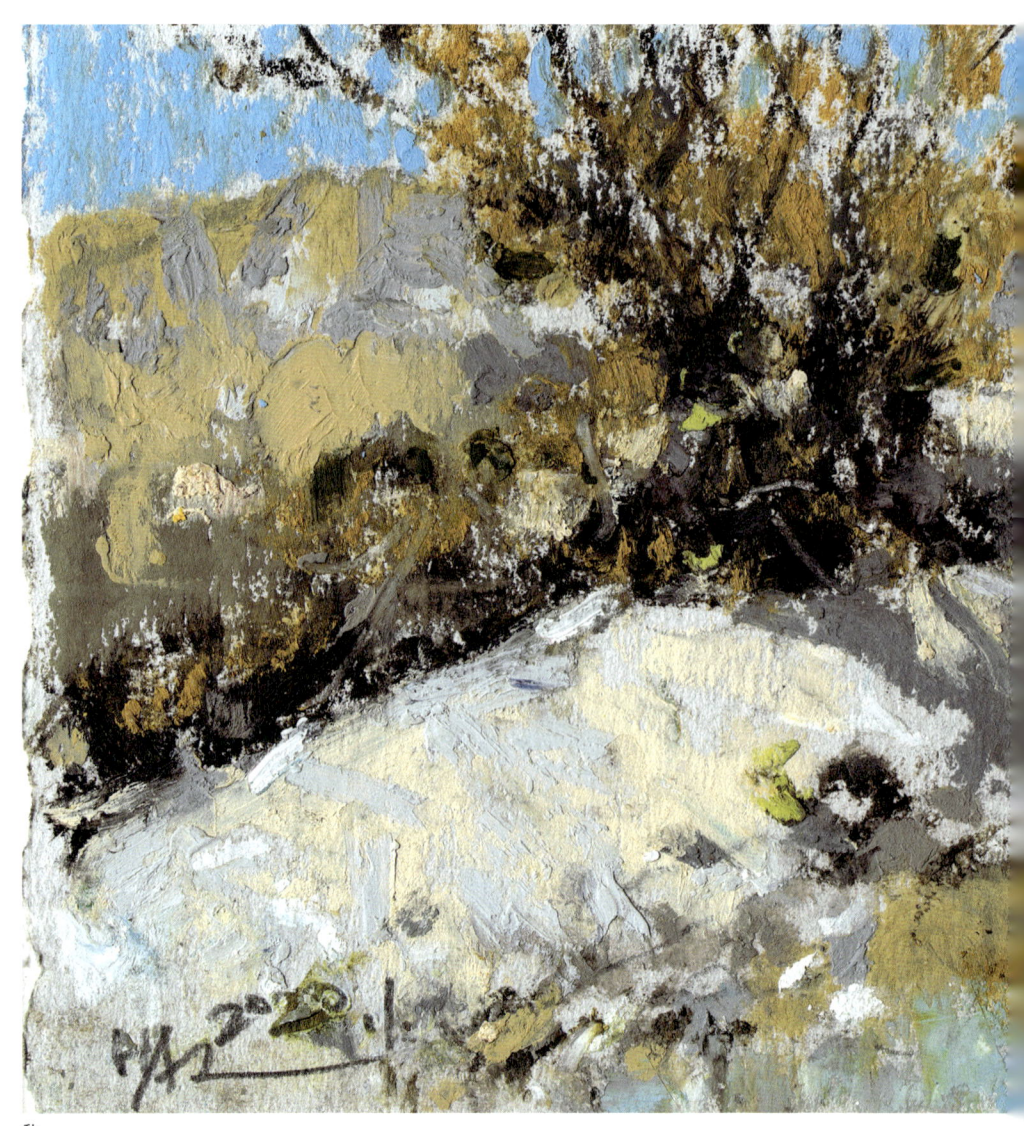

秋

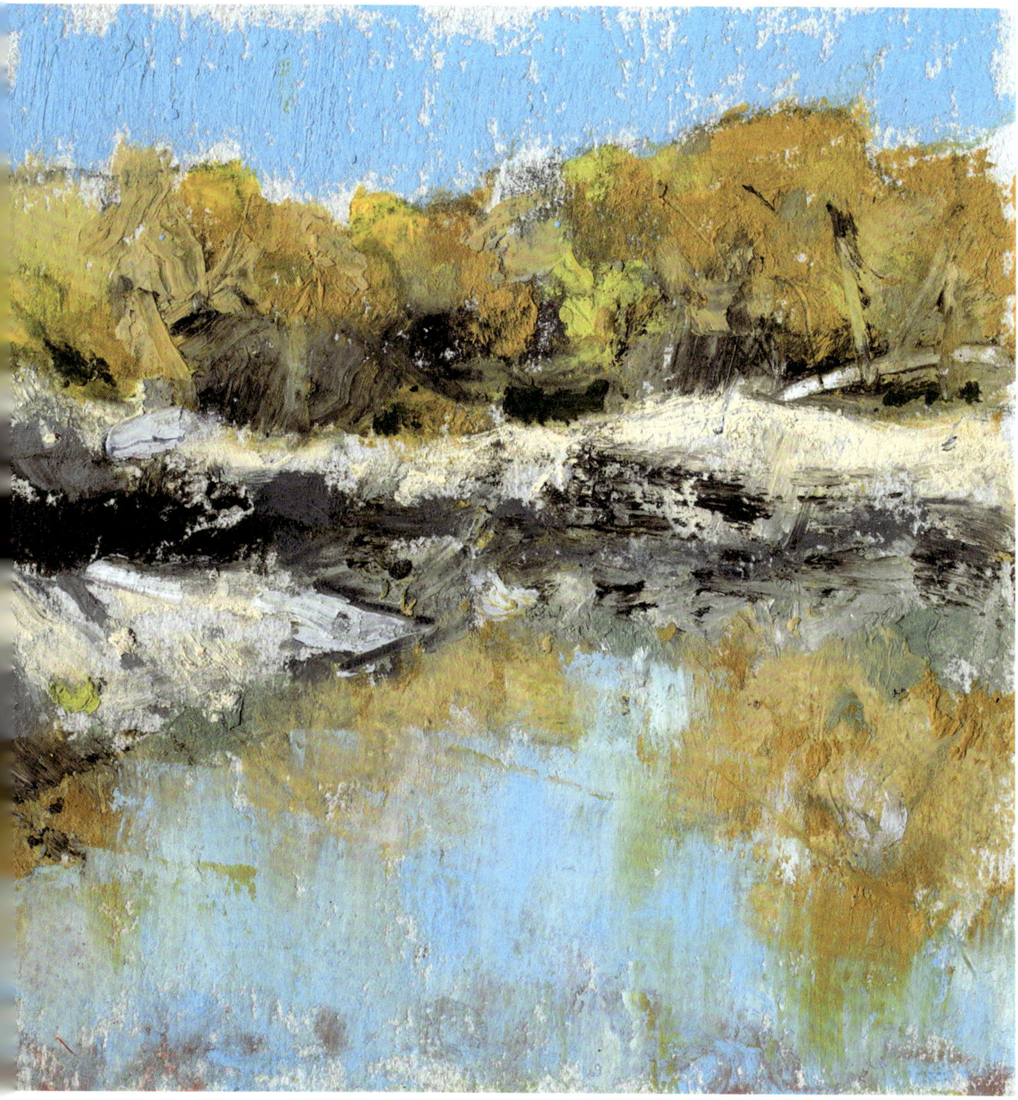

三月

三月的雨　　雨随着风到了下滩
　　　　　　三百年的梨花
　　　　　　簌簌扬
　　　　　　飘过蜿蜒的黄河

　　　　　　塞北的雪
　　　　　　润盖了沙尘
　　　　　　千树万树
　　　　　　汇聚了先贤的豪情

　　　　　　水车的转动
　　　　　　富甲宁夏中卫的河套
　　　　　　枸杞的清香
　　　　　　悠扬了华夏九州

过年　　　　风吹落树上最后的几片叶子
　　　　　　年悄悄地到了身边
　　　　　　思念已经走过的时光
　　　　　　痴想长绳系住流年
　　　　　　年还是在指缝中溜走

　　　　　　团圆是每家每户的祈盼
　　　　　　无奈年轮又多了一圈

步入江湖
身不由己随波逐流

人生回到原点
重新出发
挥手五湖去
同舟到达彼岸

数星星　　月亮走我也走
一直走到中秋
嫦娥走出广寒宫
月光清澈岁月静好
我在这里等吴刚
和大家一起赏月

月亮走我也走
皎洁隐然合掌峰
游弋雁荡山中
海上升起冰轮
滚动白浪逐沙丘

月亮走我也走
每月十五常来往

心里装着浦江月

众人争看彩云飞

我在满天星星中

寓庐

樱花

赏樱应在四月天

东风又将暖气添

忽如一夜骤雨来

满山飘悠花片田

油菜花

残荷

大峡谷

百里杜鹃

莫非错过了花期
乌蒙磅礴氤氲缭绕
山中留下残缺美
细雨打湿了枝杆
还有一波艳红

地球彩带
把所有的光鲜亮丽
都集中到了视觉
花香灵气四溢
天地之间的游魂
醉倒在九牛

花种散去高山
穿越时空
练就了铁杆繁枝
红、黄、粉、白、紫
五彩斑斓
百里杜鹃满山路

山丹丹花开

水西一座城池
溯彝王古国青瓦雕栏
越千年

山野

蜀山滇水门户开启
穿凿峰峦
拨开云雾见月明
青翠叠嶂
看仙宇人家
庭院栽满鲜花
烟雨滋养
小车绕着山路行
登临送月
马鬃岭上山丹丹开
僻乡道间人影动
回望彩虹飞过深壑
云雀问答相报

秋

朋友圈刷屏立秋
窗外暑气蒸桑拿
行人过往
依然手执伞遮阳

蓝天白云飘游
和大厦楼顶互动
风坚定地守候
相信雨会潇然到

阳光透过云彩
力度不减
问问狗尾草
频频点头
却道天凉好个秋

韶光　　我若
在你心上
何惧千种万般的世俗

你若
闯入我的心中
融合千呼万唤的力量

盛夏暑风
汇成热烈的掌声
澄怀秋韵
染成一片金黄
扫尽冬天的薄雾阴霾
迎来春的韶光冉冉

墙上一抹红霞
摇曳生姿

钟声

四季流年

在你心中流过时光
天空的纯明
化作大块蔚蓝
留下无藏的洁净

初夏

初夏是个迷人的季节
没有酷暑
却有凉风
藤蔓遍地绿荫无尽
自然的气息弥散着灵魂
藏在一片绿色之中

打开雾霭
掀起城市的面纱
地平线上的轮廓迈开脚步
起伏着
温柔地跟随光拨动心弦

夕阳剩下那几道光芒
落在时空飞羽
钟声在暮色中回荡
思念已过万里云霄

微雨

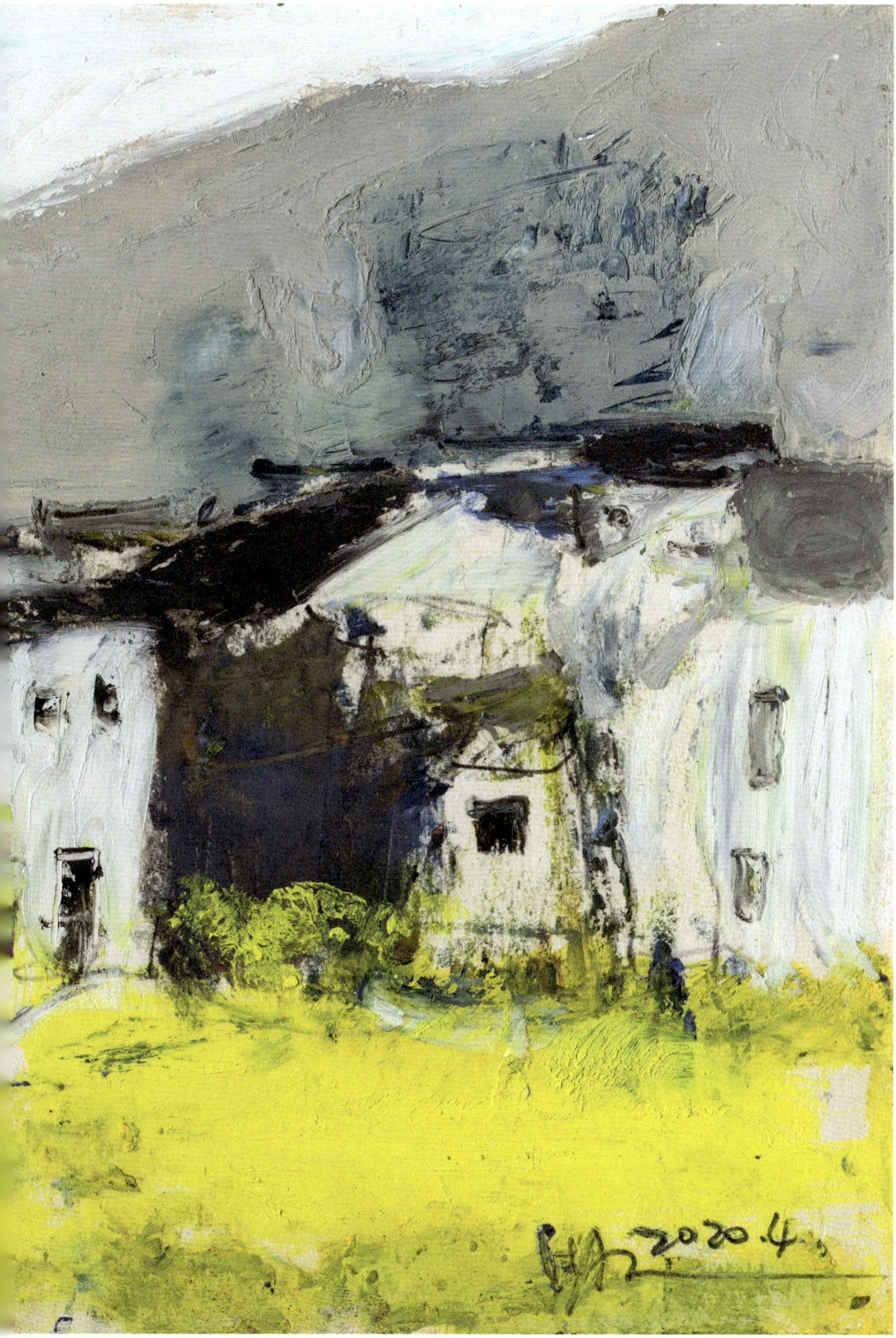
2020.4

流水

夏山

夏山如灿
孤独的牛踽踽而行
哞哞之声悠长
草色的金黄
渴望润雨的到来

夏山如寂
蒲公英的花絮
随风而去陌生之地
你将落到何处

夏山如画
花团锦簇坡上
红顶小屋里沐浴阳光
湖水闪烁
挥手撷取五彩祥云

甘庆 2017.6. 外滩建启街

窗

点绛唇·暮雨

秋风易愁,
遥望云飘佳丽。
街衢夜市,
淅沥暮雨细。

天际飞鸿,
心绪彩虹汇。
流年事,
东去凝睇,
应识凭栏意。

点绛唇·秋

倚窗梦回,
春夏哪得秋色好?
月皎情绕,
清韵人未老。

花残叶瘦,
暮雨潇潇到。
着晚霜,
不经寒宵,
何望原上草。

雪

下雪啦　　　　雪是天上派来的幽灵
　　　　　　　飘逸在空中
　　　　　　　当它闪入了你的魂梦
　　　　　　　守候着理想

　　　　　　　叠加了凝固的泪水
　　　　　　　把一切苦难
　　　　　　　咽下去等待融化
　　　　　　　砸破冰层

　　　　　　　天地一片白茫
　　　　　　　梅花傲然
　　　　　　　无意吐芳香
　　　　　　　只把春天报人间

消暑　　　　　莲花兀自出浊泥绽放
　　　　　　　散发着清香
　　　　　　　悄悄地摇曳身影
　　　　　　　展示无瑕的洁白

　　　　　　　幽香飘在田田的牵挂
　　　　　　　滚动着悠远的高雅
　　　　　　　冉冉升起的水汽

碧波

与云间洒落的露珠相会

碧叶接天向远方
将伏天的溽暑消散
为你带来无上清凉
寄托一个灵魂的梦乡

冬至

稀稀疏疏梅花开了
赏心的只有三两枝
无须多
美在其中

虚虚蒙蒙晨曦悄然来了
月亮还挂空中照着
光亮衔接
折叠时空
把岁月收藏

密密匝匝的树枝交错了
黄叶飘落
寒雨连绵到天明
春来绿江南

冬至

寻梦行旅

闲云散月　黄阿忠现代诗选

白教堂

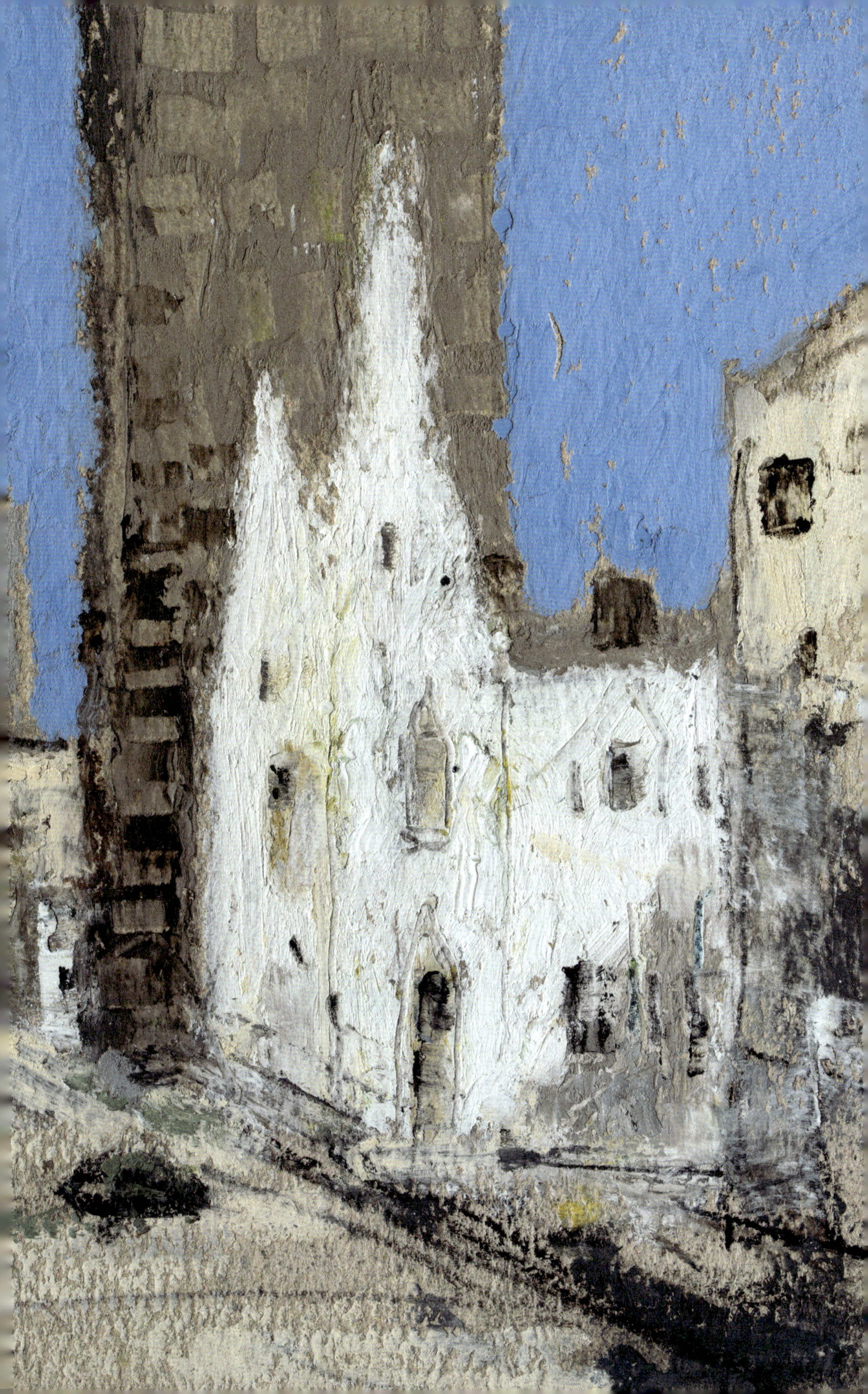

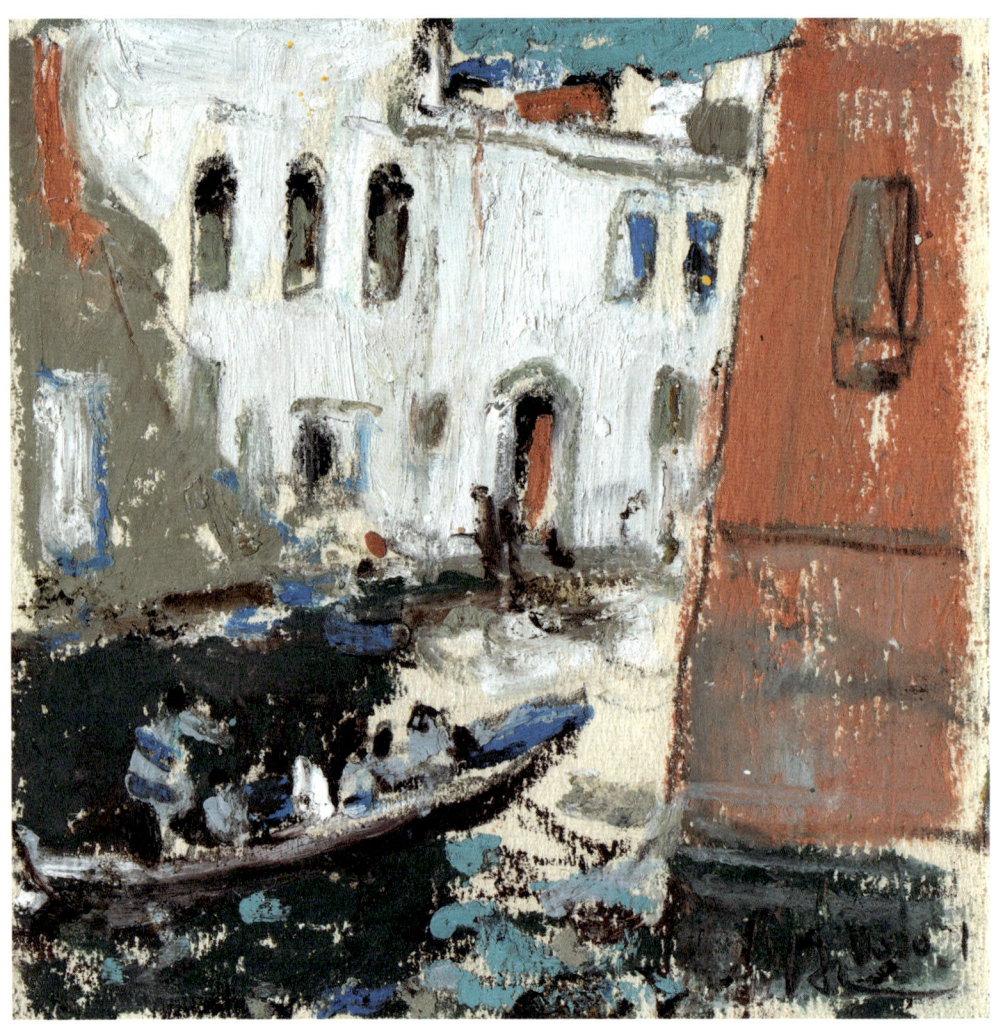

威尼斯

重见威尼斯　　　　三角顶层铜钟

　　　　　　　　　敲醒了潟湖的海鸥

　　　　　　　　　飞过墨翠沧海

　　　　　　　　　融化在一片红色之中

　　　　　　　　　圣马可奏响梵音

　　　　　　　　　缭绕横跨纵横的小桥

　　　　　　　　　心悠随水流

　　　　　　　　　融合摩肩接踵

　　　　　　　　　贡多拉穿过叹息桥

　　　　　　　　　桥下人望黑窗

　　　　　　　　　穿越时空的距离

　　　　　　　　　百年之后都在汪洋

　　　　　　　　　漂泊四流

　　　　　　　　　何时重见威尼斯

海·城堡·教堂·　　如果你要浪漫

老街的约会　　　　请到地中海看一看她的蔚蓝

　　　　　　　　　如果你想要抒怀

　　　　　　　　　那么必须镶嵌在爱琴海的墨翠之中

　　　　　　　　　举杯邀明月

　　　　　　　　　驶开一条白线

　　　　　　　　　迎向猩红的夕阳

秋酣

西方的晚霞

把亚得里亚海岸的教堂

染上一层罗马的阳光

斑驳的岁月

褪去时光的印痕

六十米高的尤菲米娅教堂

盘旋木扶梯至高而上

心中油然而生神圣

哲学或如深海

蓝天必然藏云

礁石一定招蛎

竞技场望海开阔放逸

彼此守望着生命

延续不息的代代传承

绕道看望尤弗拉西安

留下深邃的海水

海鸟停在桅杆

叫唤同伴

拍一张合影

印在洋面和黑色的小鱼嬉戏

天终究会老去

看落叶纷飞

海

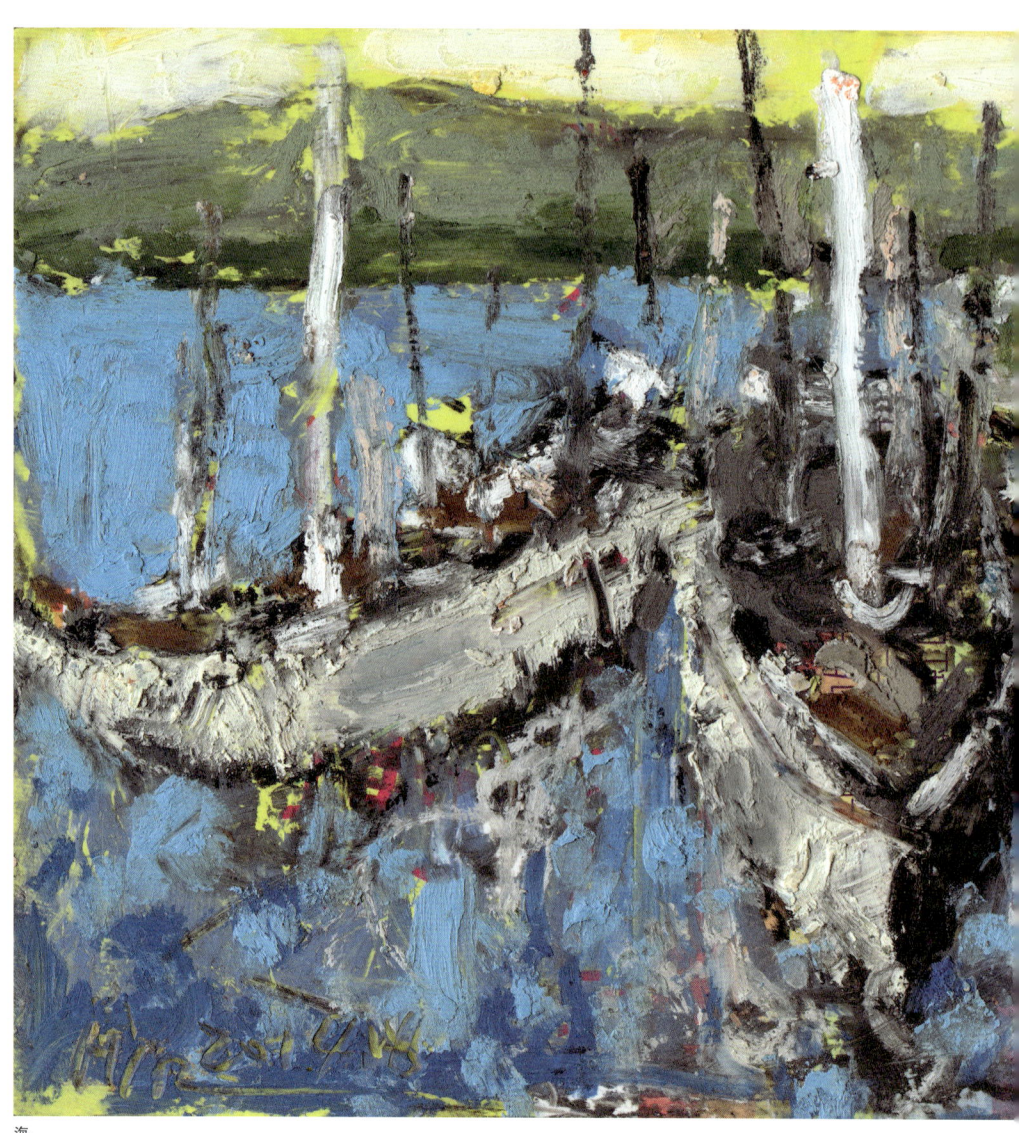

寻 梦 行 旅

和着西去的太阳
慢慢地慢慢地走到地平线上
回望站立在山岗的人群

海蓝深邃
藏匿唱不尽的时光
吉他弹奏出海风
梳理着头发
抚摸了晒黑的肌肤

是黑色的珊瑚
装点清澈的海底
漫游的小鱼
不知何时到达罗马

远望杜布罗夫尼克
是堡垒
围一城之望天涯
是要塞
御海上入侵之炮火
站城墙送残月
星星闪烁坡岩海涛
于广场迎晨阳
绿翠嵌入红顶白墙

游人如织
店铺接连
海燕绕塔楼纷飞
钟声响起
和着石板上的步履声
在海岸回荡
如入旧时梦境

彩云飞

罗马帝国的残壁断垣
读出了历史的厚度
老街的石阶
可以攀上一个高度看海
逾千年的碎片与白玉残梦相遇
念天地之悠悠

旧时步履

普拉罗马圆形竞技场

静静守候千年
罗马的辉煌
斗牛的血腥
越过山丘

海鸟停留断墙残垣
鸣叫沉睡的灵魂
轰隆隆的雷雨云团
战胜权力和金钱

蓝天白云漏下了
多少雨点
走上花岗岩石阶
经过了变化的脚步
留下了足迹

守候

城堡

跨海寻梦

跨海越洋　　　汽艇呼啸
　　　　　　　拍起千重浪
　　　　　　　风吹浪线
　　　　　　　引无数鸥飞
　　　　　　　追逐水滴

　　　　　　　航线在头顶
　　　　　　　飞机轰鸣而过
　　　　　　　穿越罗马城墙
　　　　　　　所有的细节

　　　　　　　拱门承载着历史的重量
　　　　　　　托起了帝国的霸气
　　　　　　　钟声敲响
　　　　　　　浑然天成霞光

　　　　　　　来自世界的脚步
　　　　　　　磨光了小巷的路面
　　　　　　　回望塔尖
　　　　　　　闪闪金耀海上

　　　　　　　越洋跨海
　　　　　　　万里来寻梦
　　　　　　　红顶城墙遗址
　　　　　　　罗马斑驳

岁月

寻 梦 行 旅

岁月悠悠如梭
缭绕白玉柱

闲敲钟声响
断残砖迹
旧城旗飘
惊起广场鸽飞舞

回望塔尖

我欲乘风归去
载几许美意
带一路好山好水
赴约顿悟境地

余晖

走过罗维尼

罗维尼的落日
余晖洒满亚得里亚海
游艇展亮英姿
彩云归

你可以不看那片绿翠
海就在身边
教堂的钟声敲响

轻轻地在浪尖行走

带着土红的屋顶
向西远去
闪耀璀璨的人生
褪去时光的印痕
梦断罗马神韵

墨尔本

南太平洋的风捎来了
上帝的声音
十二门徒的脚步
停在了弯曲的海岸

耶稣可能忙不过来
全世界教堂都要你给爱心
怎忍徒儿风吹雨淋
卷来白浪逐打

浪花咬开了山崖
岩石留着大大小小的洞眼
像是自然挥动神斧
雕刻时光的流逝
创造了宜居的城市

东欧小镇

圣米歇尔山

因为上帝之梦
成就了米歇尔山
因为青铜之顶
匆匆过客把心奉献

云掠过天空
把风雪雷电迎送
宽阔的泥滩连接钟声
听潮来潮落的涛魂

岁月是不谢的玫瑰
抚慰每一级台阶
抹去砖缝中的砂粒
历史在尘埃间封存

太阳余晖染上色彩
晚霞如织锦镶嵌
蓝天白云透人肺腑
纯洁映入心境
走过千山万水
阳光永远照亮寂寞

星空璀璨若火山
点缀岁月沉浮的希望
航灯屹立山顶闪烁

翻开时代乐章
梦中梵音奏响
绽放天使的微笑

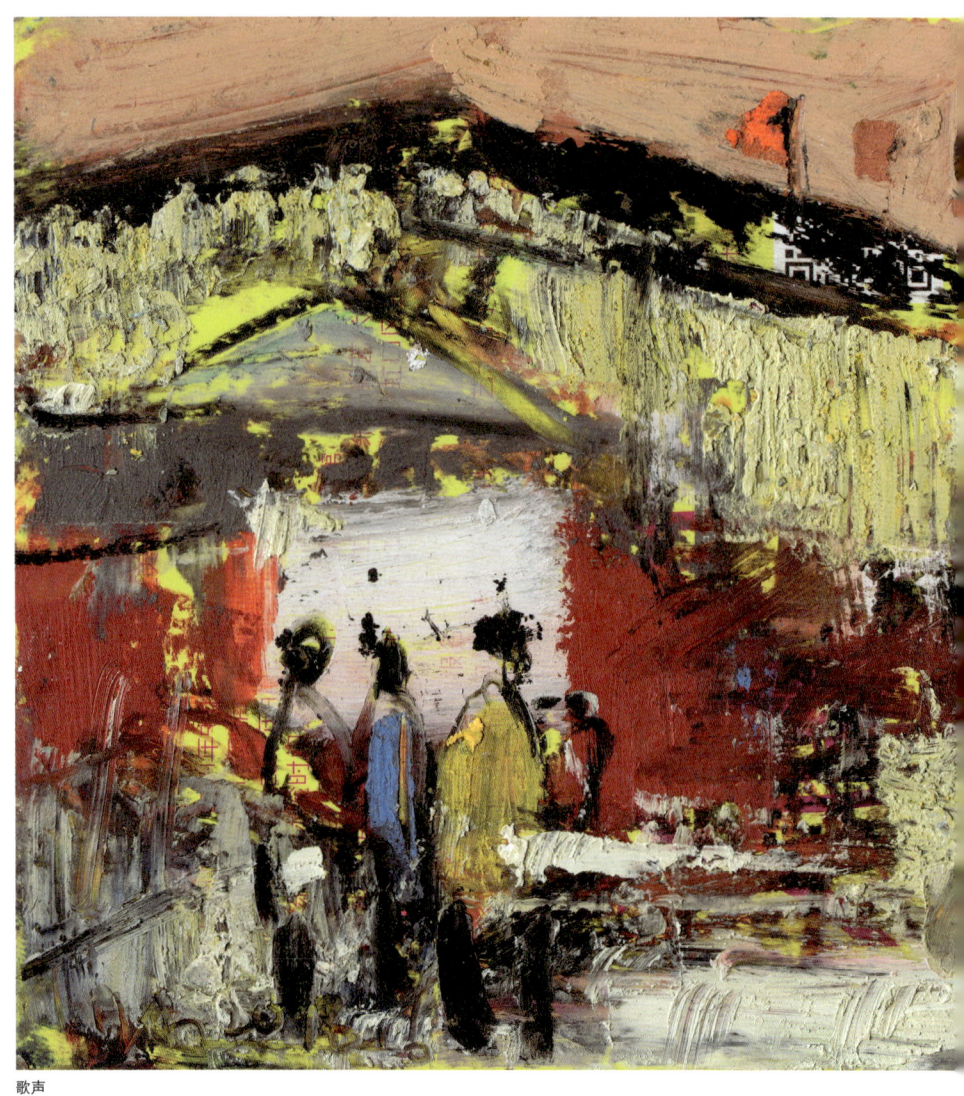

歌声

古罗马遗址

古罗马遗址
残存着石阶断垣
那是
离我们很远的古代歌剧院
站在石阶
静寂中仿佛传来奏乐
好像震耳的摇滚
越千年的天籁

远古的情韵
环绕断垣慢慢散开
咫尺的襟怀
是因为流逝时光的截留

寂寞的风掠过
飞鸟把心绪传递
离群的大雁
抛出孤独的流星
绸缎般的祥云飘动
洒满爱的雨丝

听拨动心弦的歌声
舞一曲探戈
迈开脚步
去绿色的山坡
敞开心怀

白房子

米兰大教堂

一幢白石垒起的房子
竖立了高低起伏的尖顶
直矗天穹
厚重地勾勒出连通上帝的线条

人生良心和向往
真诚的祈祷
天下所有的教堂
为未来铺设交心的场所

阳光透过玫瑰玻璃
像是一条条彩色的丝线
织成美丽的翅膀
挥手鸿雁放飞梦想

不远处的一个修道院
墙上有最后的晚餐
为我们留下了
时间的物质
天边一轮皓然的明月

从洛阳到济源

深邃的夜
涂满海般的蓝
繁星带我进大山
秋虫引入梦乡

手能摸到天
摘下几盏星灯
点亮黑路
王屋山就在身后

等待拂晓揭开面纱
曦阳罩上彩色

大山深处

看愚公挖山道上

散落的碎石

戈壁滩上的金丝玉

亿万年的碎片

裸睡在戈壁

岁月磨平了棱角

露出了透红的纹理

滩涂小石子上

写满了远古的文字

站在天地之间

解读星座的密码

阳光照在艾里克湖

云彩映入心扉

地壳的碰撞

顶开一个魔鬼的世界

捡起地上的石头

对着太阳都是金丝红玉

地下蕴藏多彩

玛纳湖畔

钻井铁塔无语立斜阳

梦醒时分

碎石

夜宿味江畔

成都青城名天下
后山更为幽
拾级登临泰安寺
俯瞰古镇
索桥晃悠悠
银杏乔松遮味江

彻夜听雨声
滴滴答答地不停
推门出去
但闻潺潺溪水流

天欲晓
微雨撩花溪
涧水卵石相激
奏鸣晨曲

闲暇去时光
人在虚无缥缈中
仰望头顶星空
共享云霞
静静地等待东方红

寻 梦 行 旅

1978·乍浦

一片蔚蓝的天空
几只海鸥翱翔
黄色的钱塘江水
汹涌澎湃过杭州湾
滩涂渔船
整装待潮来远航

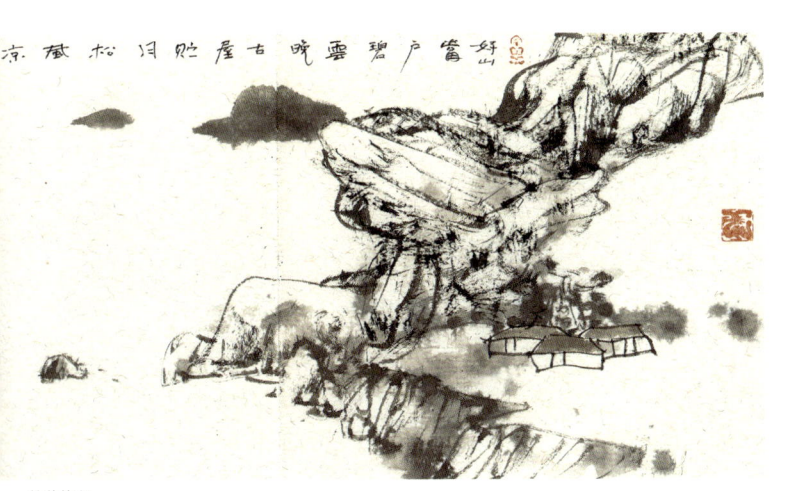

整装待潮

人在堤岸望海潮
画笔涂上船体
留下一个睁大的眼睛
视线是共同的远方

彼岸在何处
乘长风济沧海
跟着江水奔流到太平洋
阅尽人间繁华

山阴道上

从来不看山水谱
心中藏有大山在
贤走遍山陰道紫
煙繚閙陳业路
庚子春日问忠写
於瘞上寝庐

2017.6. 乍浦路桥.

岁月的忧伤

1978·苏州河

我有一个梦
穿越了半个世纪
等待幸福时刻
蓝天,蓝天
滋养着岁月的忧伤
我走呀走呀
桥面上柏油的微微开裂
邮电大楼上的时针
河中轮船的汽笛
轻轻地划过
慢慢地升腾

登滕王阁

时光穿越逾千年
悠悠流水向东
洪都滕王重锁瓯越
茫茫一片无际
倚栏望赣北
雾接衢庐
宴乐吟制巨篇
横绝百世
百舸争流中
槛外长江映碧空
落霞依然

时光穿越

寻梦行旅

孤鹜与之齐飞否

刻欲追踪古人

未闻绝唱

天地之间的文字

必有法脉准绳传承

云霄之际

梦中神魂飞舞

溪边

黄河边看梨花　　我闻到花香
门口枝条绽放
自然给予的色彩
涂抹在每个人身上
天空吹过云朵
不知雨从哪端下
浸润了土地

我闻到花香
梨花似雪飘舞旋律
漫天轻盈纷飞
大小稀疏密集松散
响起叮咚节奏
像是音符的跳跃
起伏跌宕

我闻到花香
春樱秋桂
淡淡的忧伤
浓馨甜酣
灵魂在品尝美味佳肴
仿佛穿越前世今生

寻觅源头

啊，克拉玛依

我被克拉玛依之歌
带进这座城市
风中飘过沥青的味道
脚踩柔软的沙土
黑油汩汩地冒出气泡
竟然百年不衰

一团团篝火
化作灯光阑珊
街道通衢
唤醒戈壁荒漠
音乐喷泉洒开万滴水珠
润泽千年胡杨
流年色彩装点时代

远望铁架不断地磕头
那是感恩三叠纪元
人在天地之间
一转眼又到了春天
簇簇骆驼草绿

山坡情怀

你没有牡丹的娇艳
你没有百合的芳香
那片无华的薰衣草
赋予了圣洁的浪漫

薰衣草啊
长在原野遍及山坡
布满紫色的情怀
散发沁入肺腑的芬芳

捧一把装饰青花瓷
让质朴的情怀
与思古的优雅融合

晨曦初上
我们穿过麦地草坡
在薰衣草的故乡留下辙迹
跨越时光

坡上的城堡
需要岁月的抚慰
旅者敲开门扉
荡向星空的钟声

把山川河流装入内心
目光投向空阔

遥望一轮皓月
泻下清澈
汇成涓涓溪流归入大海

肇州丰乐村

蓝天浮云遮阳
远远望
红绿蹁跹
喇叭锣鼓震天

风过苞米地
炊烟缭绕飘散
泥沙卷起
碎石瓦砾成路基

围宅观望
屋前苞米堆
铁链拴住黑狗
犬吠不停

我欲乘炊烟
撒开澄黄
唤醒艳阳秋
越级跨界上九州

屋前苞米

山坡情怀

吉维尼

轻轻地
别惊动了莫奈
有花草的地方
一定阳光灿烂
白云映入池塘
唤醒了睡莲
田田翠色染霞光
拥戴星月
穿越了梦中梦
回到家乡

晚霞

听闻暮钟

寻 梦 行 旅

轻轻地
别惊动了莫奈
画家的理想
是迈开双脚走进自然
从塞纳左岸到勒阿弗尔
迎接日出
从奥赛到鲁昂
听闻暮钟
吉维尼的鲜花
铺设到达罗马的坦途

大洋路畔

像是一个彼岸的梦
几块硕大的礁石
忽然从天上掉入大海
说是十二门徒下凡
分明只有八块
浪花咬走了四块
是否发现大洋路畔
那叠起的岩石上
留下了上帝的手印
人类有个悠远的想象
把鬼斧神工的自然
赋予天真烂漫的精神

手记

滇西过保山　　荷池一弈黑白乾坤

　　　　　　　枒木亭亭如盖

　　　　　　　天地方圆

　　　　　　　观阴阳

　　　　　　　人生如棋

　　　　　　　树荫手谈

　　　　　　　天下谁人知晓

　　　　　　　敲响岁月

　　　　　　　流年步步登高

　　　　　　　遥望弘祖过永昌

　　　　　　　对枰问道

　　　　　　　何是博弈输赢

　　　　　　　美意在其中

沙坡头　　　　看沙尘漫天

　　　　　　　吹开黄河滚滚

　　　　　　　流水鸣溅溅

　　　　　　　九曲回肠向西

　　　　　　　拐弯处有梨花开

　　　　　　　沙枣挂上树

急湍前行过长滩
牛羊踏遍沙坡

斜阳映辉盘龙湾
大漠落日圆
杨树枝头筑巢
归雁飞来找旧窝

随意山水

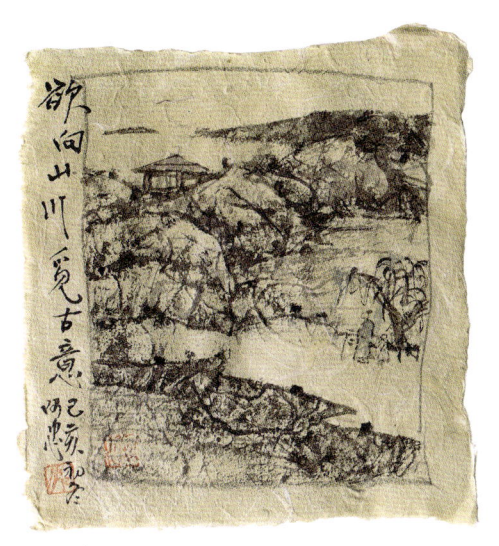

山川古意

北寒沟前

听一曲深情的水西谣

跨越一段崎岖山路

百里杜鹃映红百里山

乌蒙坡上滚动泥丸

薄雾夹着细雨

云深不知

何处是乡愁

花海白菊点点

墨水蘸雨珠

北寒沟前流连亭

流连忘返

写就浓浓春意

忽闻铃声沟壑起

空中悠荡

驱散云雾笼罩

眼前一片阳光

思念

过前哨农场

重游东滩
曾日月几何
江山不可复识
南北通衢依然在
流水潺潺向东
滩涂茅草遍地
野花星点
五十年前往事
都是人间滋味
却记泥浆滚打
又忆水洗被晒
机耕道上印车辙
三三两两入田垄
忽如一夜春风来
梦回雁飞芦草扬
路边杉树盈千寻
云雀筑巢
望尽候鸟来回

青瓷小镇

微雨飘过
打湿了芭蕉
伴守着几根烟囱
尘封了岁月

溪流汇聚在山麓
青瓷的碎片在水中
闪闪烁烁
仰望日月辰星

青山

水碓粉化了泥石
把时光竖起
送进龙窑
延续不灭的薪火

走过黑油山　　风沙弥漫
覆盖记忆的沧桑
忘不了手推肩扛
舀一勺上苍的赐水
浇灌油然而生的希望
冰凌化作万紫千红
绿是情感的寄托
雪山黄昏灿烂
飞鸟翩跹
汩汩溢出的黑油
深深地被誓言打动
红旗漫卷戈壁
井架林立
哪里埋葬着亲人
哪里就是故乡

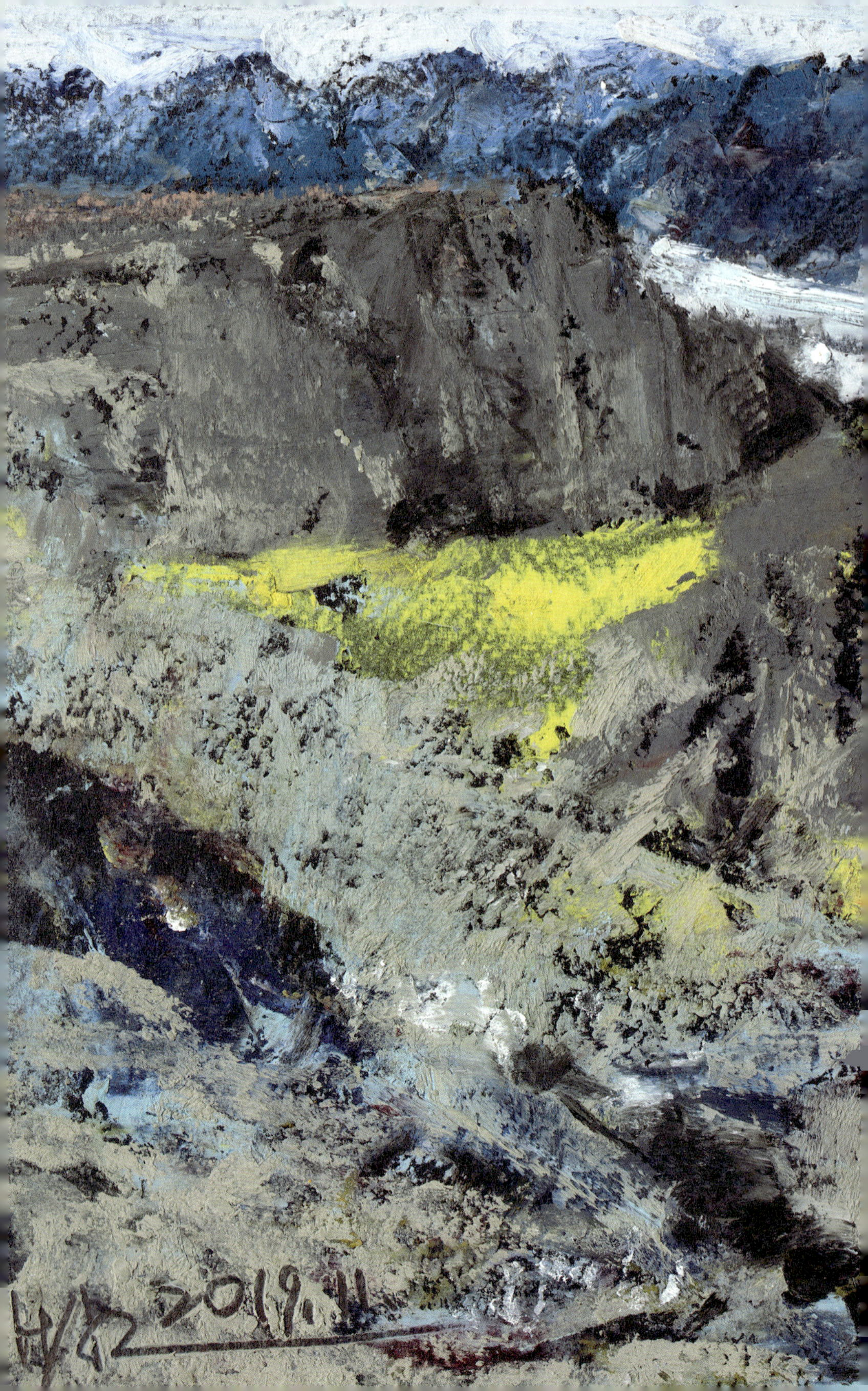
2019.11

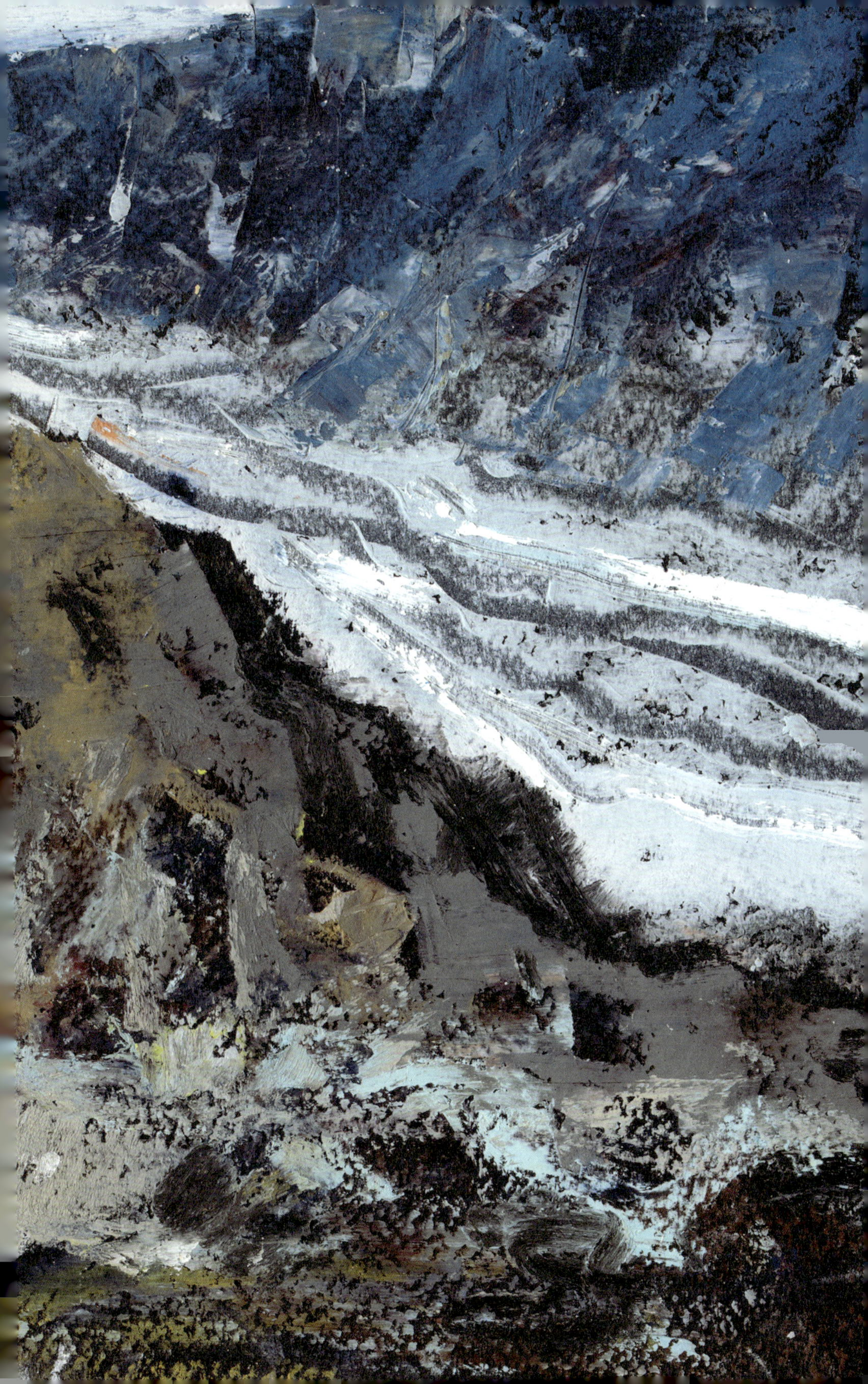

田垄山茶

登凤溪茶庄

凤凰飞过溪水
瑶池玉泉起涟漪
雀跃欢呼
洒向田垄山茶

云雾缭绕
朝露夕霞照沙路
古风闻声渐远
片片花瓣和谐四邻

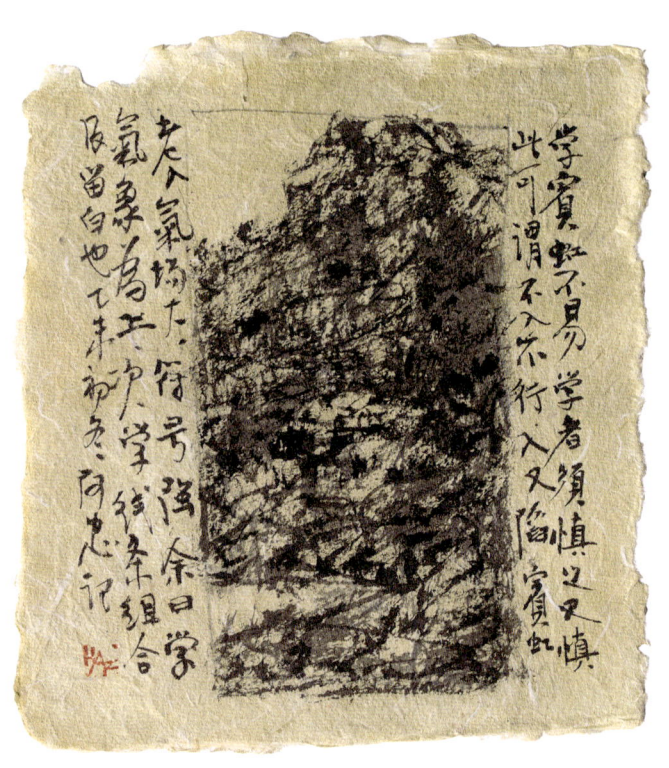

沟壑幽深

山路崎岖
十八弯
风尘渐起
茶香浓郁起街坊

问道青城山

青城后山
细雨绵绵润古蜀
易把历史付流光
闲心品尝

寺院钟声敲响
梵音诵唱
云绕过凉亭
银杏叶片飘山腰

循阶而上
五龙沟壑幽深
山泉涌向何处
泰安古寺茶禅味
终在心头

闲云散月

黄 阿 忠 现 代 诗 选

折叠岁月

杨柳

一片绿翠

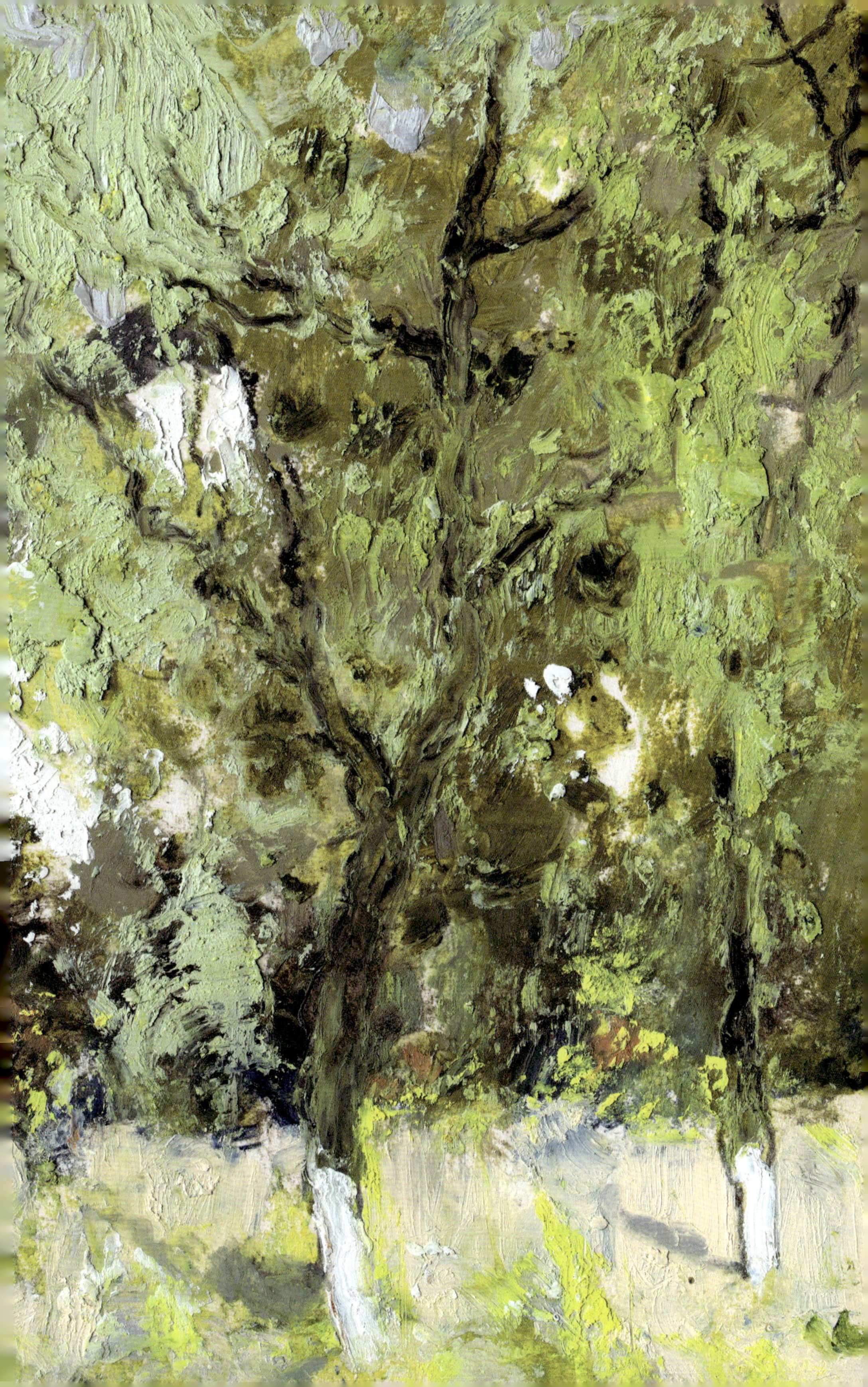

邬达克建筑

岁月

那一刻
我走进竹林
不看那一片绿翠
只为触摸竹叶尖尖
滴下的露水

那一刻
我步入山路
走向峰峦
不听呼啸而过的风声
只是想透过叶隙
看西面的晚霞

那一刻
我登上楼顶
凭栏眺望
不看马路交错时空
只等万家灯火的回闪

那一刻
我挥洒五湖四海
走过繁华寂静
脚步还没有停歇
为的是胸中
装下满天云彩

那一刻
我梦回少年
听老歌旋律
伴随节奏的成长
不是为了怀旧
而想迎接新的乐符

山居

山居　　　　　鸡鸣山中
　　　　　　　薄雾遮朝阳
　　　　　　　鸟雀檐下唱晨曲
　　　　　　　群山无语看炊烟

　　　　　　　逶迤蜿蜒小道
　　　　　　　向腹地延伸
　　　　　　　古树坡上叶茂
　　　　　　　边上倒下了一段
　　　　　　　弯曲的树干
　　　　　　　还留下逝去的年轮

　　　　　　　桦叶飘落
　　　　　　　隐约着婉转轻悠乐曲
　　　　　　　两匹枣红色的马
　　　　　　　驮着吊篮
　　　　　　　嘀铃声响起
　　　　　　　仿佛丝绸古道传来的声音
　　　　　　　遐想远方

山麓

折叠岁月

粼片

把灵魂抛到九霄
在银河洗个澡
晒一晒太阳
是否留有闪光的粼片

灵魂出窍
看到五彩的补天石
迷幻的通道
不知道东西南北

醒来南柯一梦
回到山麓
昨天下了一夜雨
合着浪
卷湿了沙地

梦在心中

太空是梦的仓库
随时可以从那里拿出
空间很大
容纳梦里的江山

前方是浩瀚的宇宙
容纳一切

静静地注视
是因为悠远的白云

默默地思忖
梦起云中
当云腾致雨
滋润大地万物

浩瀚

折叠岁月

往事

走遍天下的风景
曾经做过的事情
总是在唠叨
有人说
常想过去是怀旧
但是我有太多的回忆

怀旧是一味汤药
去火清新
记忆是一夕清风
直入肺腑

人的一生总有一个安排
这时段做什么事
或不该做什么
你可能有所挣扎
却亦无可奈何

许多年过去
当你回首往事
感慨万千
回忆是财富
是一种刻在心中的梦
久久地久久地回萦

旧时光

折叠岁月

怀旧

从学步的路到跨越的桥
都是人生的积累
走过路过也不要错过
留下足迹的印痕
一条大河向东流
总有泥沙俱下
滩涂滚石激浪磨合
时光打造圆浑
翻阅时代
历史的碎片让智慧拾取
怀旧是理想的总结
机遇在下一个路口等候

启航

无风的日子
储存心中的云
流入画布的情感
编织勇气的风帆

起锚舶船启航
连接银河的心雨
纵使惊涛骇浪
越过浪线
蓝天在流星之外

等候

折 叠 岁 月

穿越到彼岸

不要等风来了
再去织帆
待东风吹起
张开鼓风的思绪
让鸥鸟在蓝色的梦幻中
勾画出明天的太阳

浪花

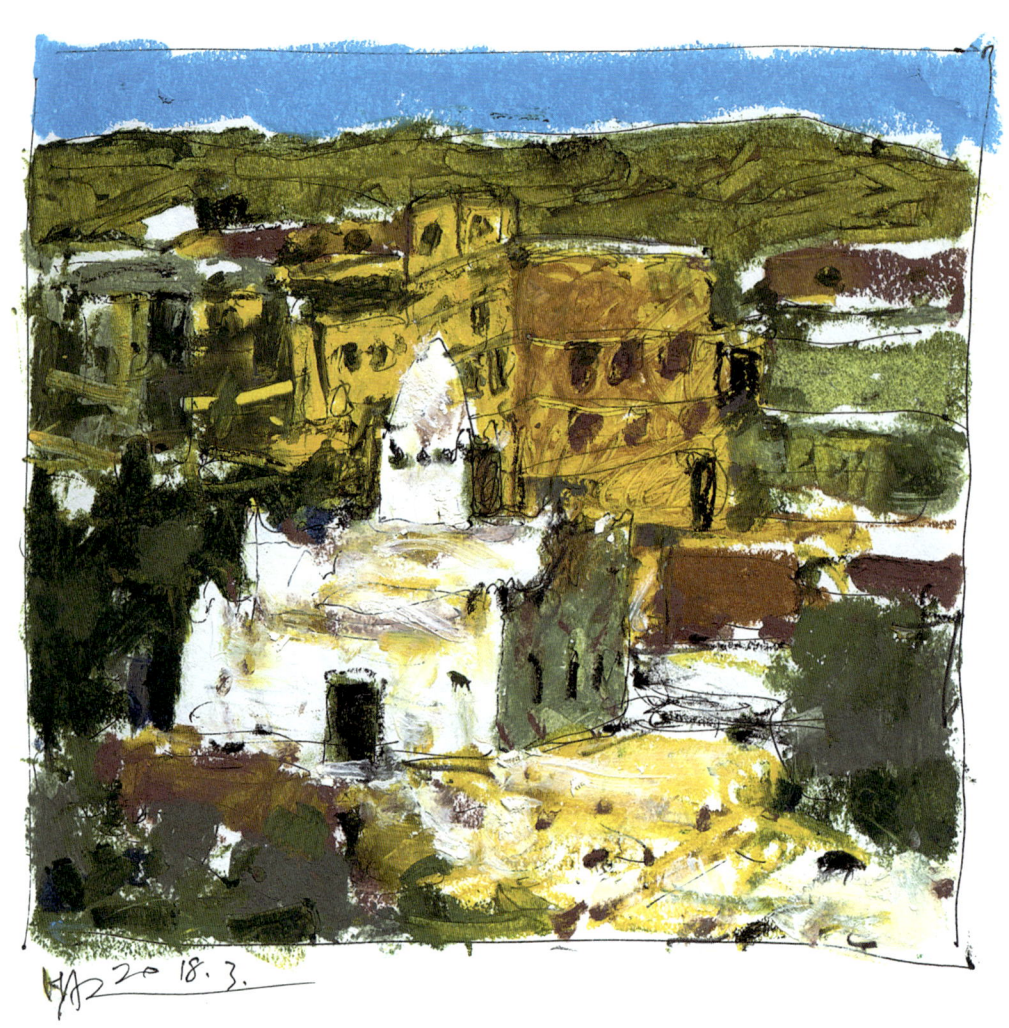

古城堡

城堡　　　　　　古城堡的砖缝中
　　　　　　　　镶嵌着远方的爱情
　　　　　　　　屋脊的木梁间
　　　　　　　　缭绕着生命的时空

　　　　　　　　春去冬来
　　　　　　　　花开了又谢了
　　　　　　　　风吹了
　　　　　　　　雨来了
　　　　　　　　天黑了
　　　　　　　　又亮了

　　　　　　　　时光匆匆离去
　　　　　　　　印迹已经成为斑驳
　　　　　　　　回眸一笑
　　　　　　　　编织千年的恢宏

　　　　　　　　如果爱情藏在石头之中
　　　　　　　　我的心如涌泉
　　　　　　　　去滴穿石块

　　　　　　　　如果故事藏于花岗岩的堆垒
　　　　　　　　我的心就是火焰
　　　　　　　　让黑夜灿烂

时间的印痕

一张方桌一杯茶
留下了时间的长度
茶不会凉
悠悠永远不散的醇香

竹椅的扶手磨出了光亮
那是时间的包浆
岁月的印痕把故事
谱写成一曲乐章

青砖砌筑的围墙
晨曦的水珠镶嵌在墙缝
像是一首歌
唱着越过世纪

青砖砌筑的围墙
晨曦的水珠镶嵌在墙缝
像是一个个音符
谱写成珍珠般的乐章

一张方桌一杯茶
竹椅的扶手磨出了光亮
时间的印痕如同故事
流传成岁月的包浆

折叠岁月

时间的印痕

吟唱着越过世纪
油画般地凝固等待
悠悠的醇香永远飘拂
茶不会凉

回首

回首

湖水
是那么清澈
泛起的水波
追逐漂浮的绿萍
我的根须已扎入湖底

绿叶煮开了阳光
月亮悄然隐去
看趴在墙上的红杏
还是守着院子里的玫瑰

蓝天下的波纹
荡漾旧时的河床
河水的流淌
见证细流中漂动的文字

薄薄的晨霭
罩着无语的白墙
红色的屋顶上
一抹飘碎的云朵
房子背后
仿佛有人等着
如梦似梦
蓦然回首
一片灯火阑珊

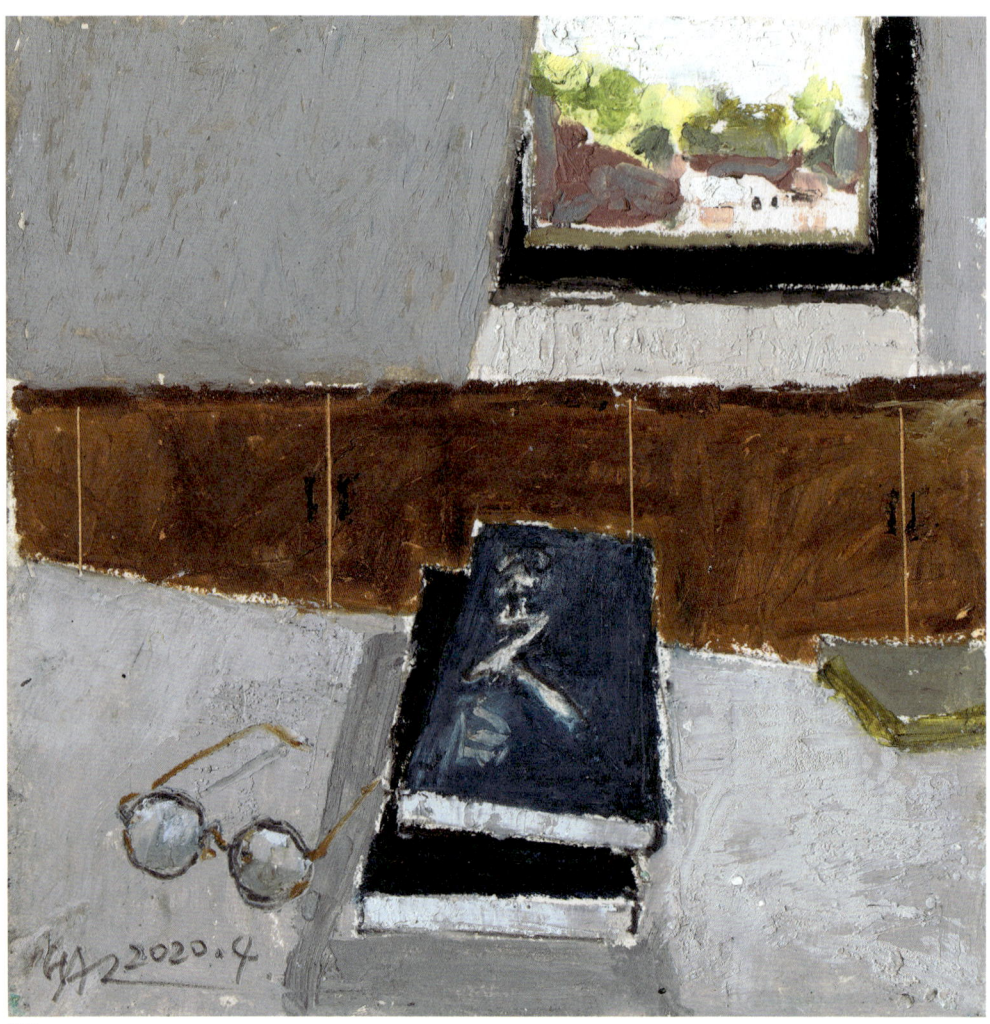

等待

等待

等待
你上船了吗
心落到了水中
时光倒映着舷梯
一圈一圈
追逐等待

听浪涛拍岸
沙滩托起灵感的细纹
礁石的缝隙发出
嚯嚯声响
吹醒了沉睡的灵魂

自然中所有的生物
都在自由地选择
紫色的小花遍及天际
编织着明天的梦

时空

片段

我记得美妙的一瞬
树叶间闪耀光斑
我记得枝干交错映月
似水泻下流年
我拾取一个片段
连缀心扉

路没有尽头
依稀记得孤独
我爬上斑驳的老墙
看到岁月在移动

路绵延曲折
爱在行走情亦悠悠
穿越时空的记忆
思绪随风涌动

灯影

我站在街口
不知道前往何处
教堂的钟声萦绕白云
跟着云走
直到霞满天空

我穿过雕花门阁窗棂
忘掉了白昼的喧嚣
启明星像是音符
嵌入大地的五线谱

散落的灯影
追寻夜的隐秘
轮回的心
藏在黎明中

静海

我们携手涉过河流
星辰在夜空守候
时光像翻腾的海浪
把生命的音律奏起

在你我拉手的时候
我感到炽热

六月的云雨

折 叠 岁 月

如同六月的云雨
温润心田

在你我拉手的时候
我所有的情怀
将不同的曲调汇聚洪流
注入静海

热风

盛夏的暑风
从太平洋刮到大西洋
拉罗歇尔只是路过
还有拉兹角
英吉利海峡的灯塔
照亮了过往的风景
海风吹拂向东
塞纳河寻源之旅
拾起旧时的梦
莫奈在画船上摆弄
描绘勒阿弗尔的日出
站在港口不免心动
纵横交错的笔触
连通中西彩虹
世界艺术总要交融
悠扬的音乐在空中诵咏

白云

岁月如歌

岁月如歌　　　　夜幕已经降临
　　　　　　　　天边还留有霞光
　　　　　　　　钟声伴着飞来的音符
　　　　　　　　梦中还是欢快的节奏

　　　　　　　　狭窄的街衢倩影流动
　　　　　　　　岁月如歌旋转
　　　　　　　　天空流星转瞬即逝
　　　　　　　　像骤来雨线在风中划过

外滩　　　　　　登高望远
　　　　　　　　浦江在这里拐了个弯
　　　　　　　　雾蒙蒙
　　　　　　　　尘封了百年历史
　　　　　　　　通衢大道畅流
　　　　　　　　车水马龙
　　　　　　　　冒险家告诉我们
　　　　　　　　对历史问题的表达
　　　　　　　　滔滔江水向东流
　　　　　　　　浑浊的波涛中写满了文字
　　　　　　　　矗耸的建筑留下岁月履痕
　　　　　　　　文化是对生命的敬畏
　　　　　　　　远眺云朵飘悠

外滩

大厦构成一条起伏的天际线
赏心悦目
让栉比的楼台浸透月色

候鸟　　　飞鸟衔着一颗松果
　　　　　无意掉落石缝
　　　　　生命的内力
　　　　　枝叶郁葱亭亭
　　　　　海风吹斜枝干
　　　　　皴裂的树皮记录了岁月
　　　　　一块硕大的礁石
　　　　　停满越冬的候鸟
　　　　　带来春天消息
　　　　　候鸟西去
　　　　　衔了十七英里枯黄的种子
　　　　　一颗落在太平洋中
　　　　　长出一棵棕榈
　　　　　一颗在蓬莱仙境
　　　　　长成摇曳的松
　　　　　迎接登山的你我

候鸟西去

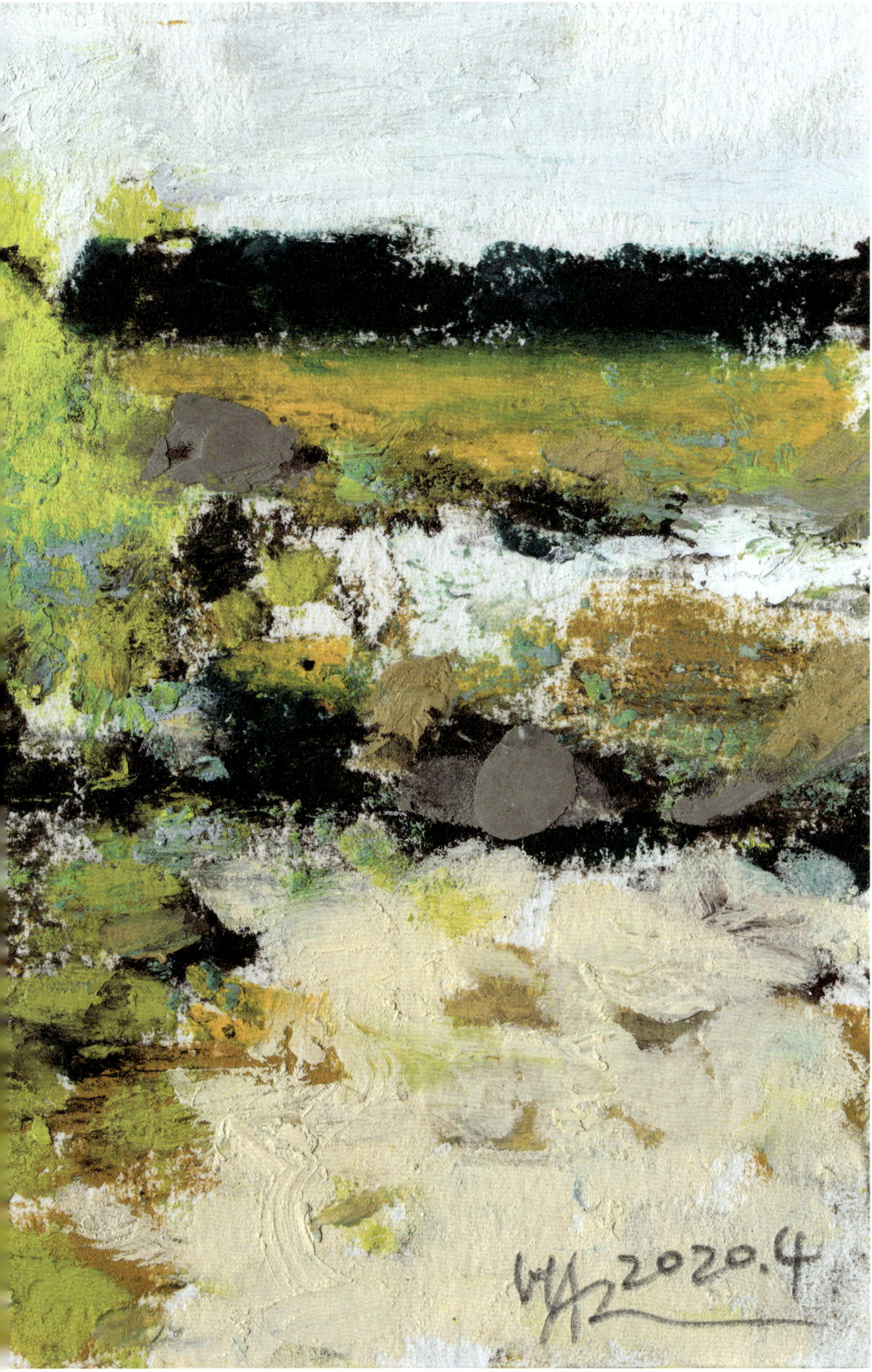
2020.4

大山

到山里去

扛着锄头提着鸟笼
碎石路上云涌
山中的日子就像老玉米
很糙却又很香

我想请教你
离开城市怎么生活
点一支雪茄
抿一口酒
看天上云舒云卷

折叠岁月

桥上看风景
倒映湖光水色
房舍构成图画
人在江湖笑

柳絮已在空中飘
鸟雀城外跳
夕阳西下红满天
霞光全身照

岁月折叠两袖
月出东山
不知今夕何夕
启明星把晨曦叫

夕阳西下

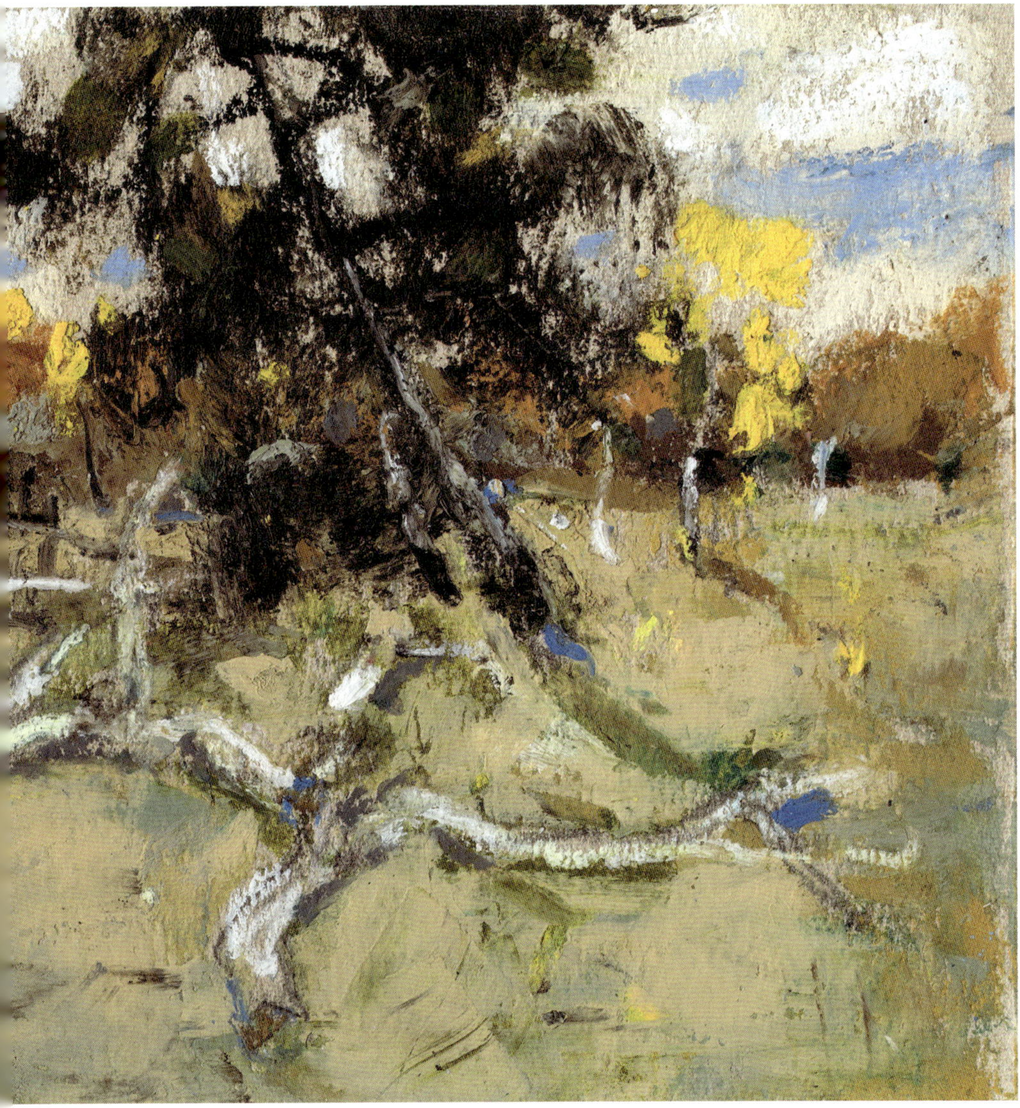

天长地久

青春

望滩涂向东延伸

历史留下一个记号

与沙土相伴的日子

犁开盐碱地

多少青春

随风飘散化尘埃

眼前的砖墙断垣

又或高耸水塔

成了多彩的回忆

逝去的年华

已经一去不返

天长地久

仍在一个地球

山水

且看山水

山水在心中

静悄悄

听见鸟在云间叫

树梢做巢

但闻布谷报春到

竹编篱笆

绿草如茵缊缊飘

台子上的花

如鸭游水知冷暖
划开水面
波动涟漪层层套
人在安舍睡觉

渐　　　不曾看见花开那美妙一瞬
忽而姹紫嫣红
春天已经走进你的心窝

季节交替很难划分界限
倏然亭亭如盖
红叶铺满每一条街坊
你不知道秋哪天到来

那一天皱褶悄然而至
银丝在发根生长
落日映出美丽的风景
望一望天空
你属于哪条晚霞

山水

千岩万壑崎岖缘崖扪萝颇一池夜雨声吹不断秋风无限溪水鸟

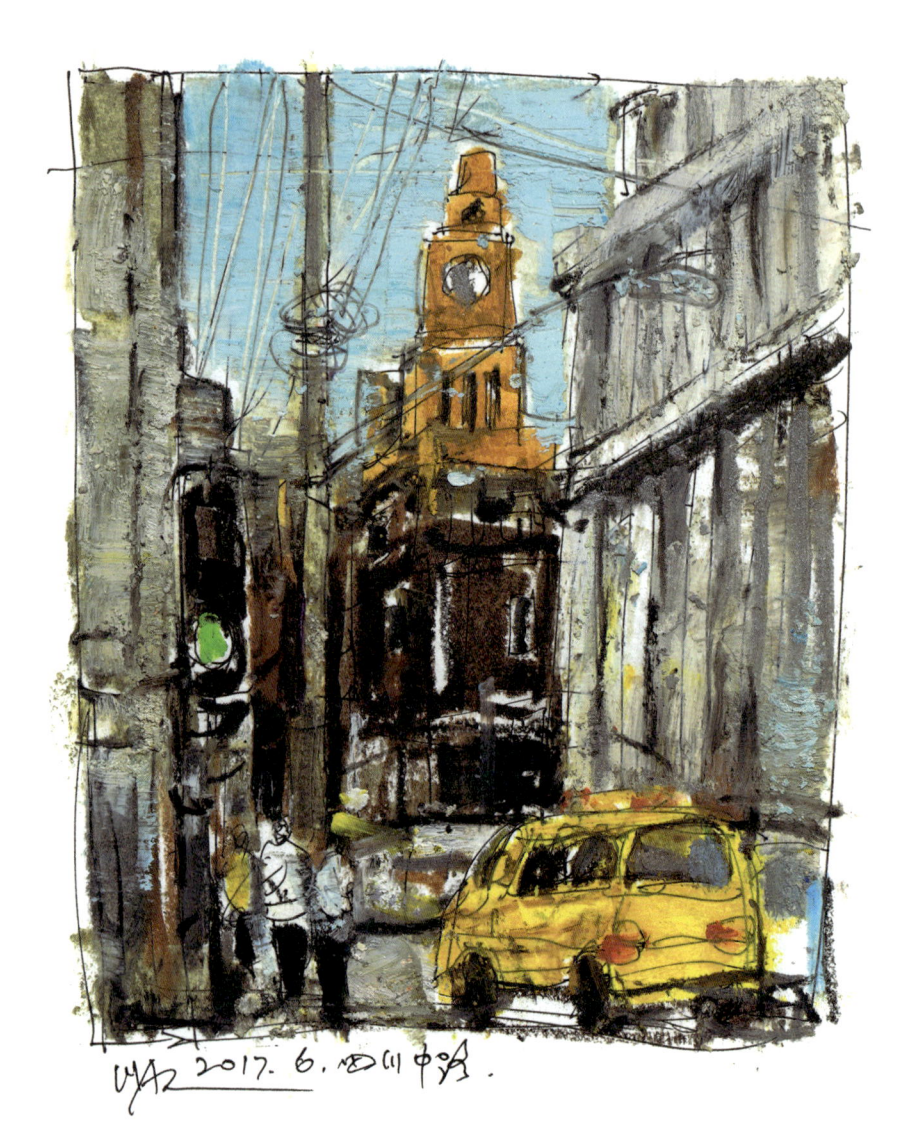

四川中路

城市立交　　　城市在不断地扩大
　　　　　　　车辆的通行
　　　　　　　堵在黄昏
　　　　　　　人们在仰望

　　　　　　　西下彩霞条条
　　　　　　　化作了南北通道
　　　　　　　东西收到构建的告示
　　　　　　　飞吧飞吧
　　　　　　　朝着明天翱翔

　　　　　　　规划是立体的剪裁
　　　　　　　块面重叠气韵
　　　　　　　笔写蓝图
　　　　　　　线条优美流畅
　　　　　　　连接通衢的大道

苍穹　　　　　天际广阔
　　　　　　　苍穹多么深远
　　　　　　　晨曦晚霞撞击心灵
　　　　　　　色彩因境而生

有时和天靠得很近

触手可及

五彩的云石

将化作烟云缭绕

弥散着思绪

夕照

如果心和天连在一起

胸襟随之宽广

九天揽月

引银河的水

浇灌心田

时代　　　云雾太阳驱散

山坡的天麻

靠的是菌素不断生长

木筒的豆花

用最后的蘸卤

点出芳香

夜郎不再自大

盾构打通入蜀的门户

腾龙般的高速飞旋

东西南北大道

奢香穿九驿

今日路路通

彝乡的歌舞

唤醒云雀蛟龙

漆器的胚胎

染上时代的缤纷

刀耕火种已被收藏

火把点明黑暗

大方铺设了神州通衢

添上浓墨重彩

涉县大洼

生命

生命投向浩渺的宇宙
你永远在途中
朝前是一无边际

回过头看
一盏盏在甬道发亮的灯火
幽幽地闪着

我知晓道路没有尽头
然却不得停顿
让理想的 SOUL 留下

海浪拍打礁石沙滩
金色的阳光与白浪
召唤灵魂的依恋

海鸥飞来窗前
凭阑远眺
和你一起望着太阳升起

生命

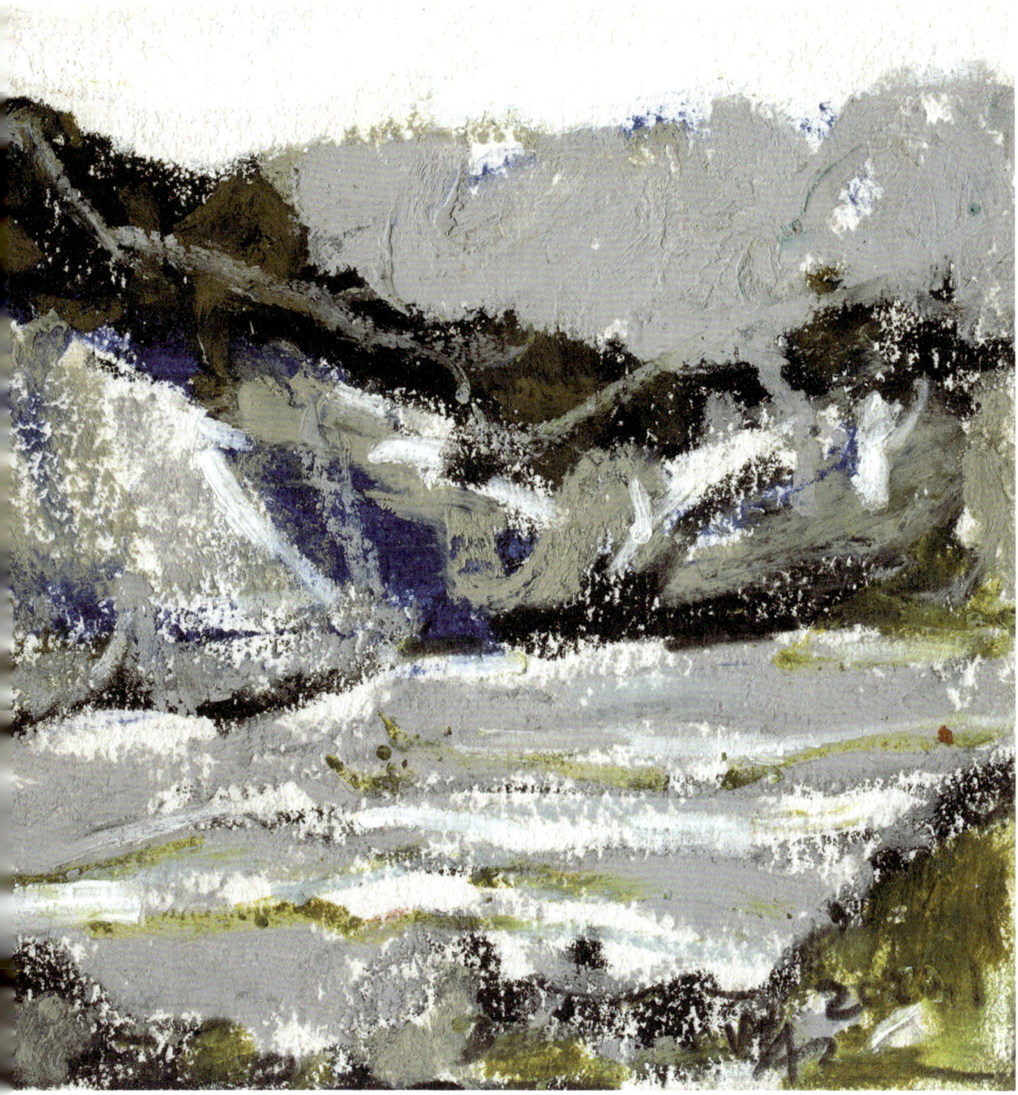

黄花

忘却 当淡淡的紫色与晨曦相遇
轻风吹拂银丝
岁月编织尘封的故事
沧桑留在了心域

理想是一朵美丽的花
在远方默默地等待
走着走着朝前看
盛开的希望璀璨一片

黎明破晓
我追着太阳跑
那是昨天晚上的梦
不知是真还是假

理想 那时的冬天
非常寒冷
风带着尘埃飞蒙
总有一种自觉的激励

时光嘀嘀嗒嗒往前走
你不理它它不理你
慢慢悠悠梦蒙

回头却是光阴如箭

阳光带来一片光灿
看看天空
哪一朵云彩
是你以前曾经见过

蹚过岁月山河
长夜漫漫平坦路
行走却无尽藏
梦幻缠绕

看眼前群山连绵
山路崎岖坎坷
人生如寄
还有梦陪伴

丹青一条路
引发热血沸腾
且按住时间
赢得最后的最后

白桦树

信念

黑夜是如此漫长
熬到五更
终有一唱雄鸡
天雨连绵
淅淅沥沥下不停
总会放晴
历经千辛万苦
登上了顶峰
高处不胜寒
几千年的围棋文化
却败人工智能阿尔法
人生道路铺满鲜花
也一定有坎坷
想一想
如果鲜花尽头是荆棘
跨越到万紫千红

信念

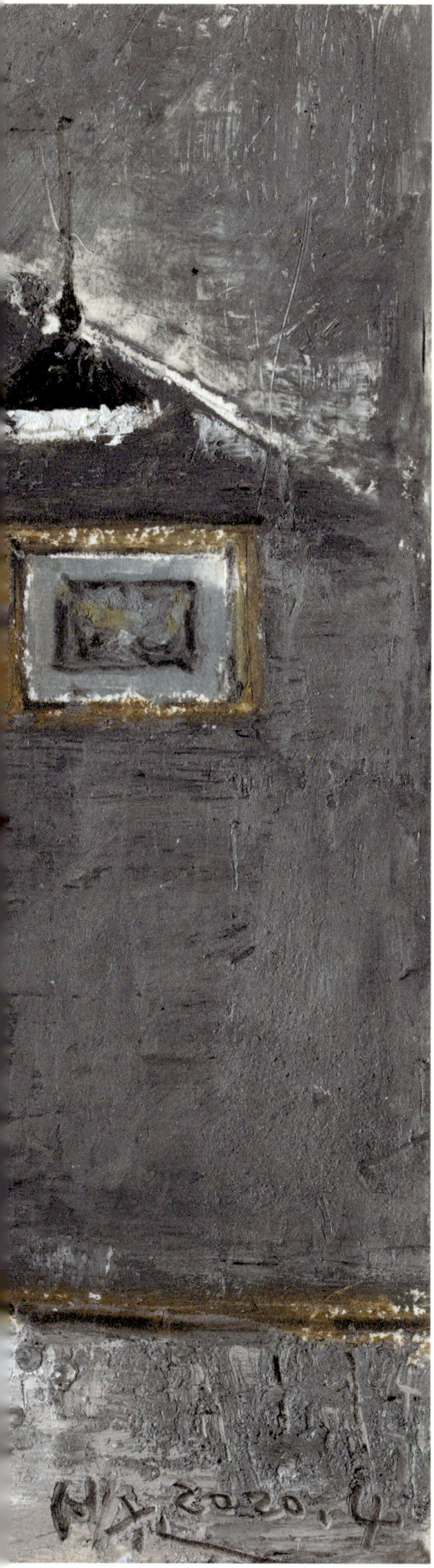
2020.4

岁月的瓦当

岁月的瓦当

教堂的钟声
敲响时代的脚步
唱诗班的福音
充满远方的遐想

寺院的暮鼓
惊飞了枝头上的寒鸦
僧人齐诵的经文
跟着月亮穿过薄云

望着教堂的尖顶
踮脚听空中的悠扬
我心依旧
优雅知性同在

穿梭松林
抚摸岁月的瓦当
檐角的铃声
在风中与诵扬交响

闲云散月

黄 阿 忠 现 代 诗 选

翻开梦页

客厅

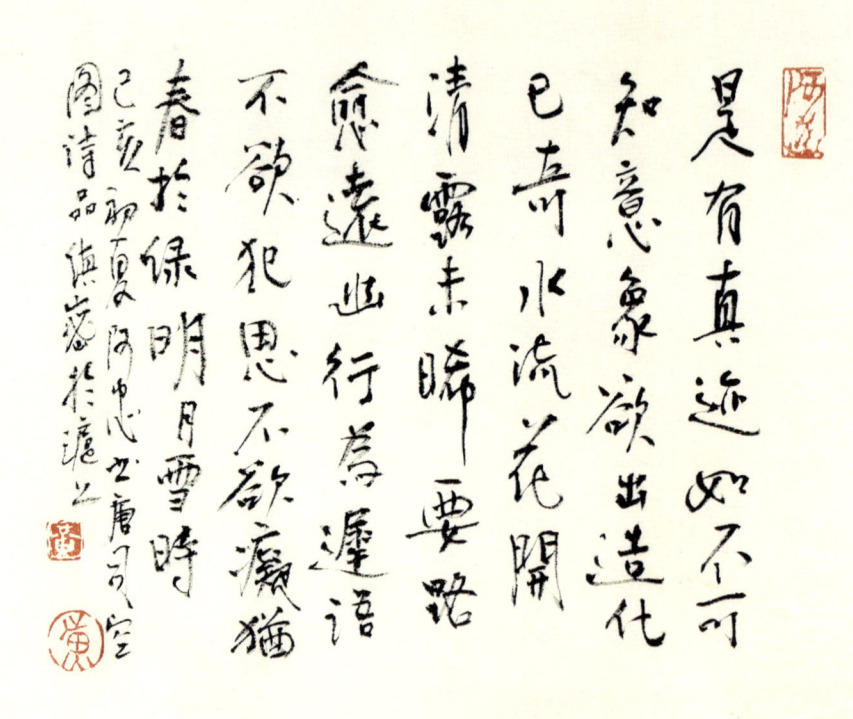

是有真迹如不可知意象欲出造化已奇水流花開清露未晞要路愈遠逾行為遲語不欲犯思不欲癡猶春於綠明月雪時

己亥初夏閑心六唐司空圖詩品鎮崧於濾水

皓月映花

其山有名形體無名者名習山水之士好學必能切要知也主者崇山也中高而大也有雄氣故厚敦傍有輔峯叢圖者山嶺也大者尊也小者卑也大小阜朝揖於前者順也無逆者客者不相凌而過也有景有沒宗錬純全之此他全集乙卯夏況國樞

万亩荷塘

翻开梦页

自度曲·梅

满树繁花悬幽香
春光熙
池塘斑驳闪
夕阳西下几时还

曾见邓尉香雪海
国清寺中
隋梅一枝孤芳
老干纵横交错沧桑

今又遇上唐梅
东风催放
当年皓月映花
一梦醒来看落英

荷

荷的枝杆交错了蓝天
风动圆叶田田
情趣在点线面加添
色彩跟着云朵跑

秋雨连绵萧瑟
连接了枯黄的筋脉
撑起了明天的

明天

钢化铁骨

莲子收藏了岁月的密码
千年的印痕
包孕在皱褶之中
仿佛是走过的小路

踪

诗是一枚方正的邮票
跟着它
跨越千山万水
到世界每一个角落

诗是一串串信号
携带身边
随风飘散碧天
洒落深秋的雨点

诗是一只双肩背的包
挂在胸前
装满游历带回的锦囊
打开远方的情愫

北风吹

翻开梦页

诗是一腔热血的自豪
纯净的心
炽热的阳光窗外的云
化作一个个明天

SOUL

海浪一层一层拍打
礁石沙滩
金色的阳光与白浪召唤
灵魂的依恋

海鸥飞来窗前
凭栏远眺
和你一起望着太阳升起
把凉风往北吹去

高楼在沙滩上筑成
街衢四达
冲浪者划破晨曦的海面
带来心的激荡

旋风

理想的力量
在无声中跋涉
透过玻璃
看到窗外的世界
春天就在身边
绽放新梅
幽香沁入心扉

流水山涧潺潺
哗哗地涌向远方

岁月流逝

翻开梦页

好像是音符
伴随着步伐不断前行

太平洋吹来的旋风
狂暴地向前
风雨潮浪带走一切
留下坚定的信念

时光

在时间中旅行
去听嘀嘀嗒嗒的钟声
看着时针向前转动
时光在指缝划开

在时间中旅行
涉大河翻江倒海
驾一叶小舟
怆然挂云帆济天下

在时间中旅行
美意沉搁千人过
纵满地黄花
望白云飘过
惆怅岁月流逝

云朵在天空

翻 开 梦 页

信念

云朵在天空

暑风吹散了梅雨的溽热
云朵在天空悠然飘游
王母娘娘的女儿们驾云下楼
洒下银河溅出的玉露

滨海的风柔
把粉色的花儿吹奏
在纵横的田垄歌讴
满枝的果实回眸

年复一年地耕耘
那是老天给我们的报酬
摇上一叶扁舟
把抖落的甜蜜送到五大洲

阳光

翻 开 梦 页

自度曲·叶

阳光透过枫叶
吹散六朝雾
灿烂古道
庭院落叶萧萧
悠悠撒天花
一池秋水
映碧天
叶满水面
静观皆自得

水纹传信
条条通向罗马
古人涉水跋山
一叶知秋
繁华与落寞
都付笑谈浮生

诗人　　　　　打开汽车后窗
　　　　　　　街上的黄叶飘落
　　　　　　　秋天已经走过

　　　　　　　幸好
　　　　　　　这世界还有诗人
　　　　　　　他记下了过程

　　　　　　　岁月如梭
　　　　　　　春夏秋冬感怀
　　　　　　　时间不会受到阻碍

　　　　　　　幸好
　　　　　　　这个世界还有诗人
　　　　　　　他跟着流年四季

　　　　　　　支开画架拿起笔
　　　　　　　涂抹颜色
　　　　　　　灵魂在天空寻寻觅觅

　　　　　　　幸好
　　　　　　　这个世界还有诗人
　　　　　　　他指向天涯明月

翻 开 梦 页

光

因为有光
这个世界才会灿烂
黑夜里的火烛
点亮了眼睛

灿烂

众里寻他千百度
蓦然回首往事
灯火阑珊
眼神炯炯为何
是光、是烛、是灯火

行走的路上
追逐理想人生
用自然、人文、历史
完成自己的眼界

秋天走过

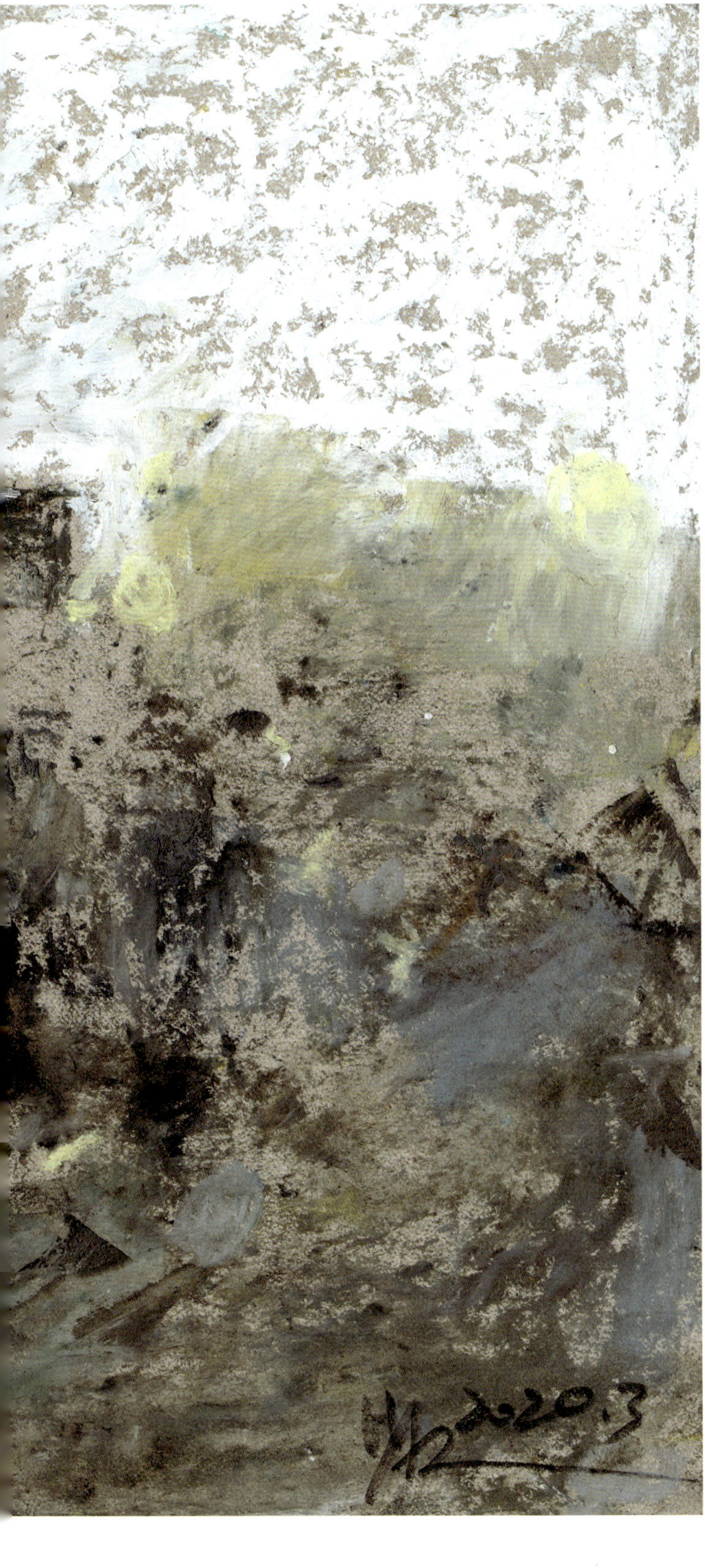
2020.3

与彩云相会　　捧一掬支嘎阿鲁河水

洒满百里山

百里的杜鹃开满山呵

红胜火绿如蓝

犹如爆竹亮星空

唤来春雷同助

剪裁一块金黄的地毯

镶嵌在村落四围

一层叠起一层

独步

翻 开 梦 页

攀升回望
烽烟四起古彝乡

马鬃岭前白云飘过
俯身轻吻花朵
寨子里传来的咿咿声响
是水西深情的歌谣
一起点燃手中的火把
与彩云追月

风信入华桉

锦缎月

入华披锦

薰衣草

我的梦
在薰衣草中
拨动紫色的琴弦
潺潺的流水间
奏出摇曳的风帆

薰衣草微笑着
铺满山坡
蔓及远山
绽开淡淡的嫩芽
浅浅的紫色
在心中怒放

路边的客栈
亮着灯火
黑夜与黎明的交替
匆匆的过客
带着紫色的浪漫
迎来新的太阳

云彩点点

翻开梦页

浪花　　　　　　我站立海边
　　　　　　　　凝视天空云彩点点
　　　　　　　　心随风飘忽
　　　　　　　　蔚蓝与乳白的交融
　　　　　　　　浪花滚动到心坎
　　　　　　　　让情缘化入苍穹

　　　　　　　　山绿
　　　　　　　　郁葱着巍伟的身躯
　　　　　　　　心旷寄于逶迤

　　　　　　　　海蓝
　　　　　　　　浓浓地染上深邃
　　　　　　　　遐想在暖风中神怡

空中的歌声　　　庭院岁岁花开
　　　　　　　　年年花谢
　　　　　　　　时光流逝斯人立定

　　　　　　　　云间簇簇烟霞
　　　　　　　　染红天际
　　　　　　　　滴滴流水无语
　　　　　　　　浇灌大地

星空一抹黄色
依旧灿烂
黄叶飘落知天下秋
河岸传来遥远的歌声
空中悠悠
池塘鱼儿嬉嬉追逐
自由自在穿梭

致梵高

瓦兹河畔奥维尔
翻滚的麦地燃烧了火焰
惊飞的乌鸦散向天空
激情于深邃的旋律奔放
灵魂在笔触中升华

瓦兹河水流过小城
艺术根植土壤
咖啡馆的灯光
慰藉孤独的行旅
梵高永生在这个世界

翻开梦页

从教堂走出的神父
还是一百年前的装束
神圣的履痕拨动敬畏的琴弦
走过河畔小道
携手踩踏先贤的脚步
幽香混合泥土悠远

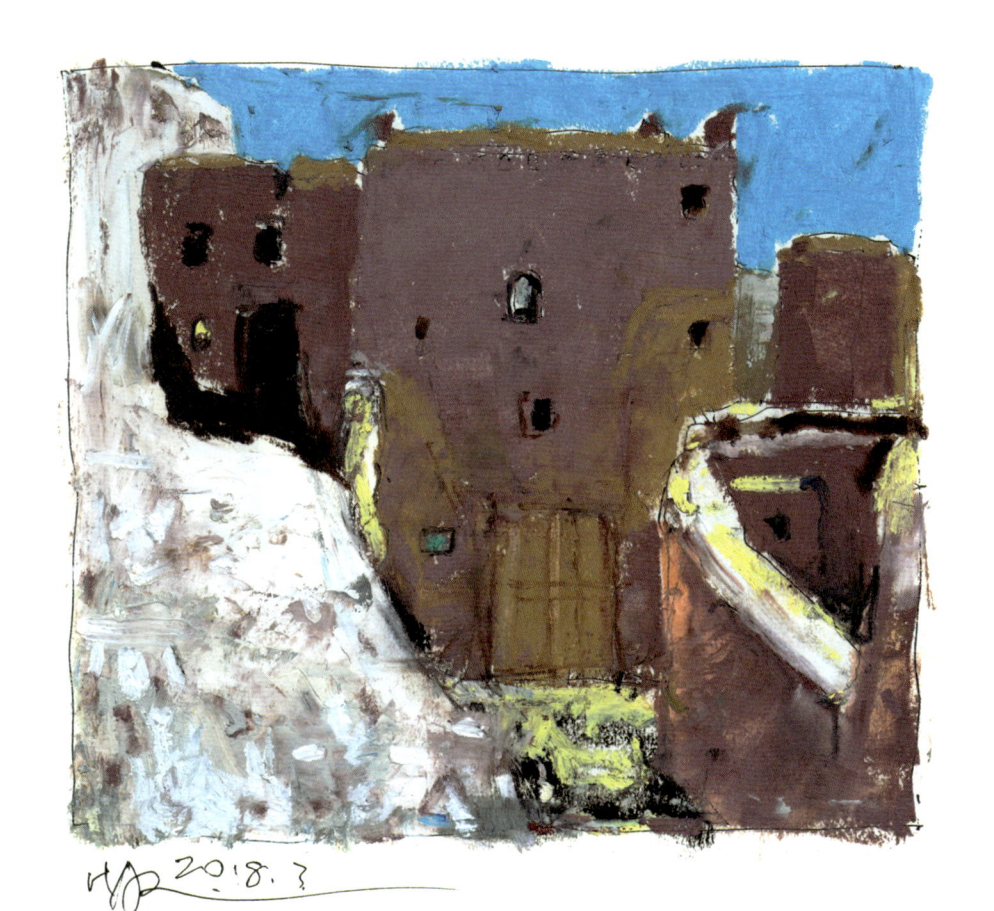

古城悠远

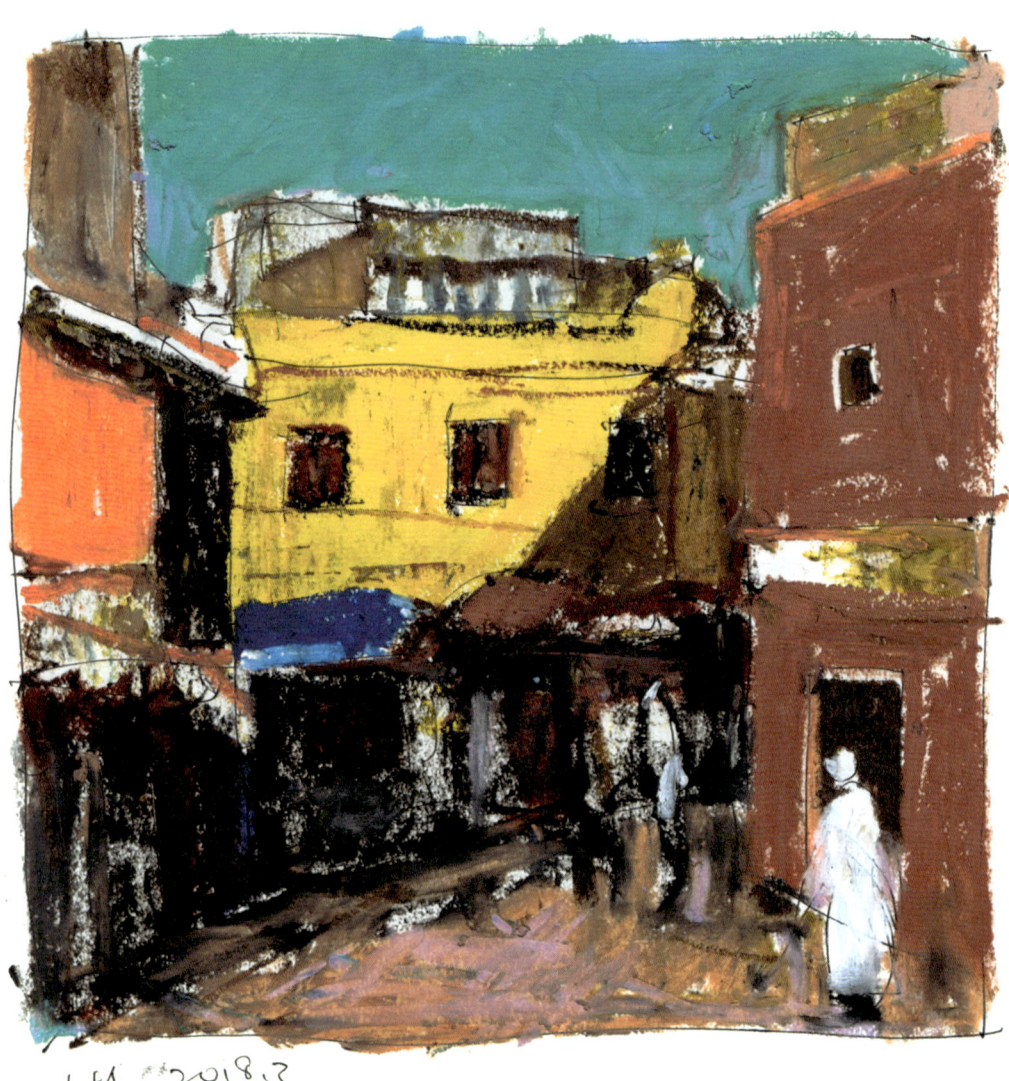

融进阳光

翻开梦页

如果　　　　　如果你愿意做清晨
　　　　　　我把你融进阳光
　　　　　　留下一束光柱
　　　　　　照亮城堡的砖墙

　　　　　　如果你是向阳的花朵
　　　　　　我把晨露洒在花瓣
　　　　　　窗外葡萄田垄蜿蜒
　　　　　　酒香从门缝飘出
　　　　　　夏晨秋夕忙碌的耕作
　　　　　　都化为收获
　　　　　　迎接夕阳
　　　　　　把霞光藏在心中

彼岸　　　　　西下的霞光渐渐黯淡
　　　　　　天际还存一片橘色
　　　　　　光影中的舞者
　　　　　　把绸带抛向浪花
　　　　　　风紧要地登陆
　　　　　　怕错过柔肠百转
　　　　　　暮色的影子
　　　　　　长长地长长地
　　　　　　投到了海的深处
　　　　　　越洋到彼岸

天地悠扬

独自

独自走进晨曦
草叶沾滴的露水
在步履中跳动
散踱绿茵
钟声在天地间悠扬

独自迈向黎明
心中满是紫色的花蕾
幽散着芳菲的草香
天空挂着启明星
闪烁透蓝的曦色
光芒照亮前路

独自迎接太阳
寒冷将不复相见
当灵魂遇到闪电
便化作永恒的记忆
沁入心田

蓝天白云

莫奈的画　　　　坐莫奈的画船
　　　　　　　　沿塞纳河驶向英吉利
　　　　　　　　艺术顺水而流
　　　　　　　　水长流花常开
　　　　　　　　水截流水更流
　　　　　　　　花落花又开
　　　　　　　　生命之水长流
　　　　　　　　艺术之花不败

　　　　　　　　莫奈支起画架的地方
　　　　　　　　自有后人瞻望
　　　　　　　　艺术在世界每个角落漫延
　　　　　　　　我们找到了源头
　　　　　　　　生命在传承中燃烧

　　　　　　　　风在时光中揉碎了倒影
　　　　　　　　端坐桥头听一树花语
　　　　　　　　莫奈花园的莲
　　　　　　　　每个世纪都在静静地
　　　　　　　　等待开放

心印

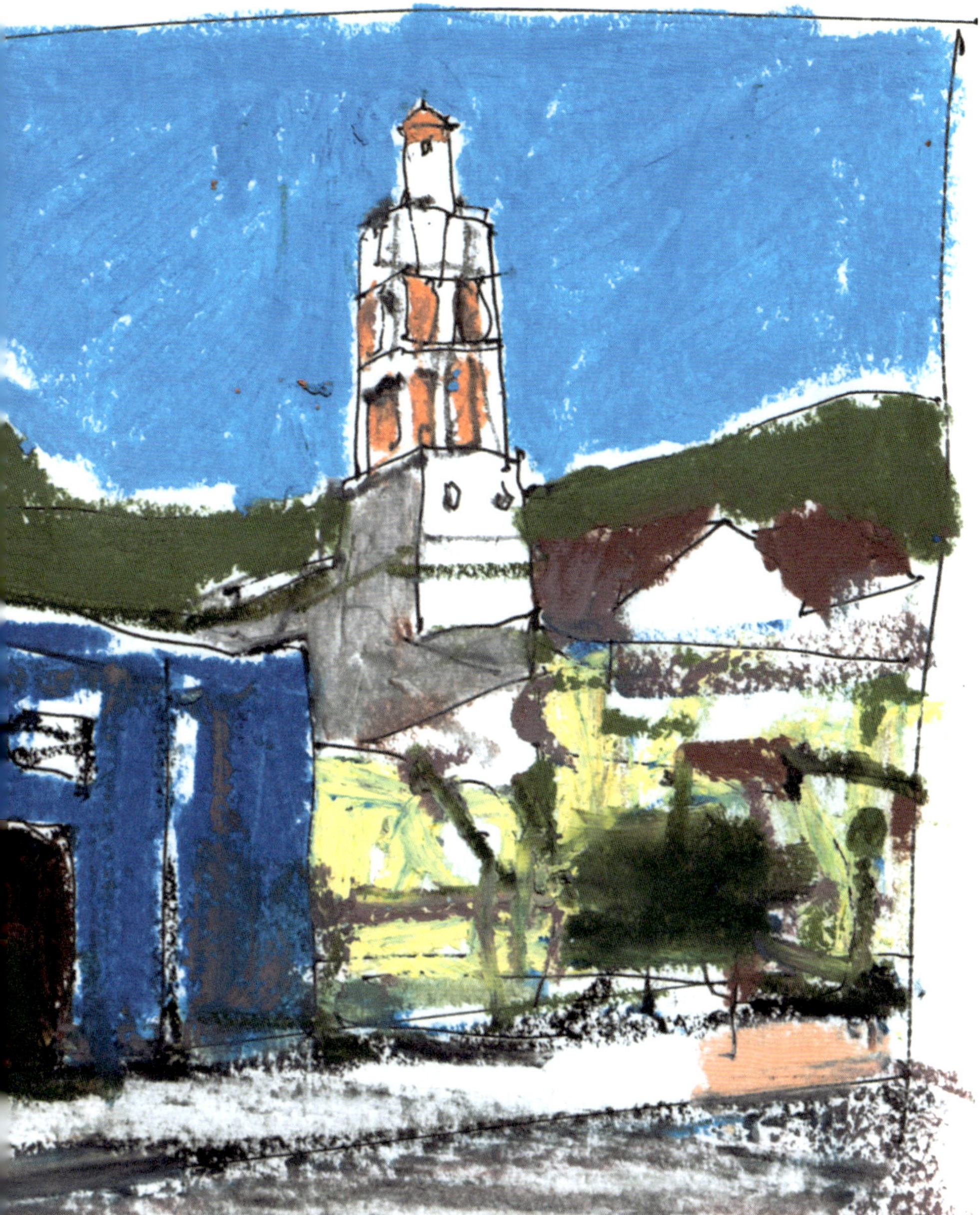

拉兹海角　　　　海风带我们来到崖口
　　　　　　　　远眺彼岸的故土
　　　　　　　　清幽淡香洗濯
　　　　　　　　浪花咬穿礁石

　　　　　　　　面朝大海
　　　　　　　　夏花盛开
　　　　　　　　拉兹角圆硕的狗尾草
　　　　　　　　撩拨心扉

　　　　　　　　拉兹角黄色的花丛
　　　　　　　　色彩斑斓飞转

光影

翻开梦页

丝巾在空中舞动
划出一颗红心

海鸥停在褐色的巨石
望着天涯海角
洋面泛起波澜起伏
刻出一条长长的心印

坚守　　　灰云飘动
在风中守候
你凶猛地来了
留在阴霾的天空

驶进港湾
静观时尚的潮流
桅灯闪绿了
做一个湿柔的乡梦

卷起岸边千重浪
轰隆轰隆
你去了就别来了
建个连通人心的网络
传达凯旋的声音

蓝色交响

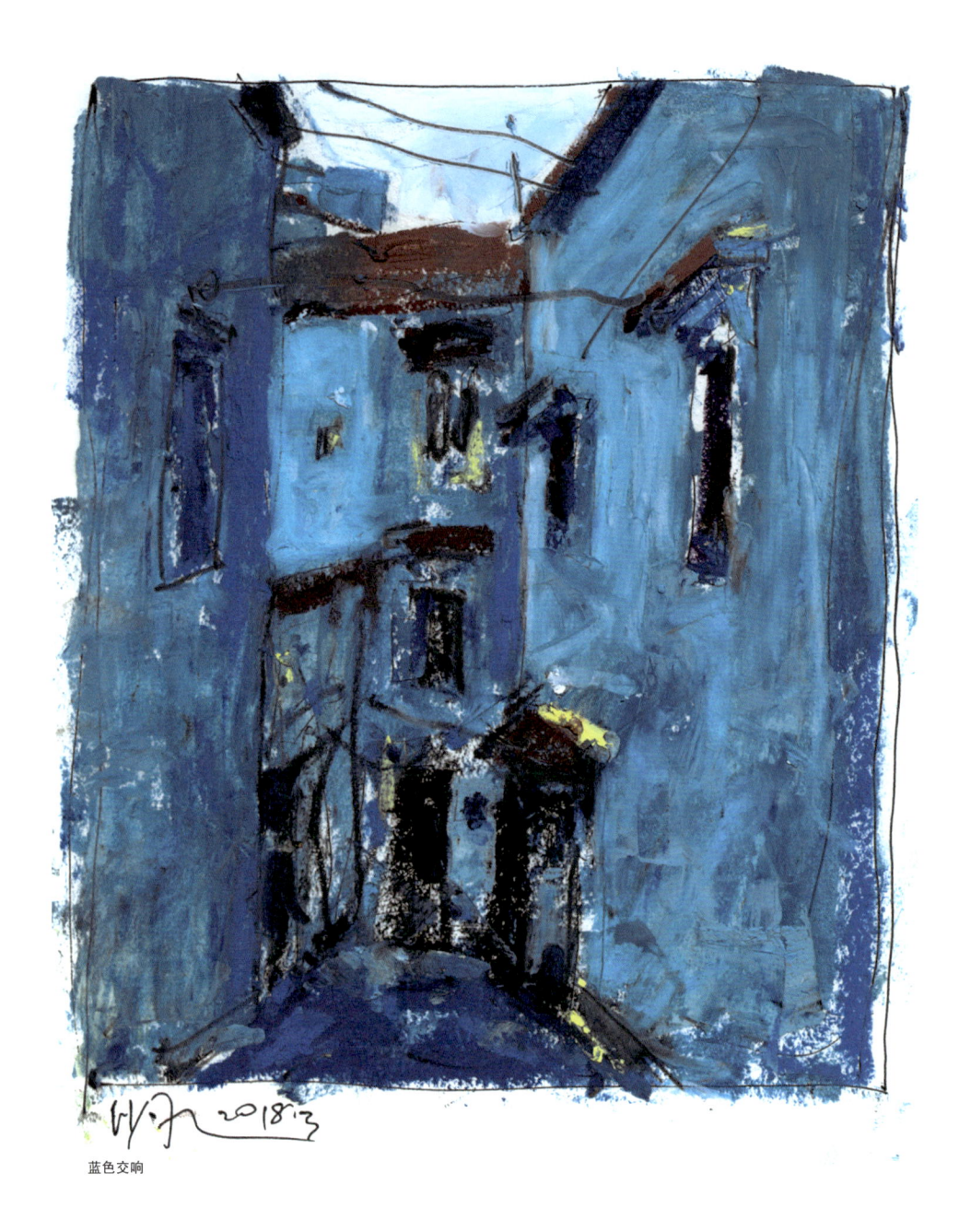

翻开梦页

深海　　　　　我们拾起已经离去的情怀
让思绪放任
一个亲切的问候
难以包括所有的记忆
红楼一梦
牵动着我们的细胞
岁月过隙
匆匆
无奈朝来骤雨晚来风
再相逢
虽是满脸皱纹白头翁
心中纠结无数
应付于东风
当枝干落尽黄叶
睁眼看
冉冉韶光浮起
托出春色无边无尽

韵味

女神

光和色彩是春天的兄弟
雨水和诗性是春天的姐妹
阳光给摄影
带来福音
颜色为绘画
立下汗马功劳

翻开梦页

细雨滋润大地春回
淡墨泼洒生宣
渗化韵味
万紫千红的女神
在春的五线谱上
添满了小蝌蚪
到最后
听取蛙声一片

窗前的一瓶花

翻开梦页

流淌

每一朵花都是
一个独立的空间
红黄蓝黑开放自己的颜色
头顶苍穹根扎大地
渐渐地渐渐地组成互联
阳光透过叶隙照耀
流水潺潺淌过
一望无际的戈壁
星星点点长满骆驼草
摇动着干枯的叶子
迎接来年春雨

问道

风中依稀的鸡鸣
唤醒了沉睡
拉一拉太阳的筋骨
光阴长了一寸

溪水映出"青姬"
九天揽住月色
"雪拉同"飞上云霄
与窑镇相会

水於右亦虛臨也然必亦澤書墨趣也庚子書日海忠

问道

古人描寫山水或徵雲弄白輕煙繚青或水天瀰漫蒼翠錯互此套路也或亦有真情實感今人山

翻开梦页

千年的烟火和龙骨相接

柴爿添火承兴旺

拽引风围合

弥散披云山雾

注:"青姬",传说中的烧窑姑娘,读音似"青瓷",故命名为青瓷。"雪拉同",法国牧羊少年雪拉同身上的披风颜色和青瓷色相像,外国人称青瓷为"雪拉同"。

翻开梦页

夕阳无限

映照到了窗上

像是一幅画

举起了手中的相机

留下了

绯红的晚霞

自然的朝起晚归

千年的规律

晨发早安

夜祝睡个好觉

轻轻地翻开梦页

认真阅读

心中的美好

沉睡

忠魂

云雀在蓝天
白云飘过
人生没有太多的遗憾
静穆地穿越时空
我想叫醒沉睡的灵魂

挺拔的松柏
透出斑斓的色彩
点缀着岁月
泛起下马塘的涟漪

民族的精神
在风中悠扬飞舞
用双手轻轻弹奏山水
让土地幸福地躺在
绿翠的家园

闲云散月 黄阿忠现代诗选

蓝天真情

城市的忧伤

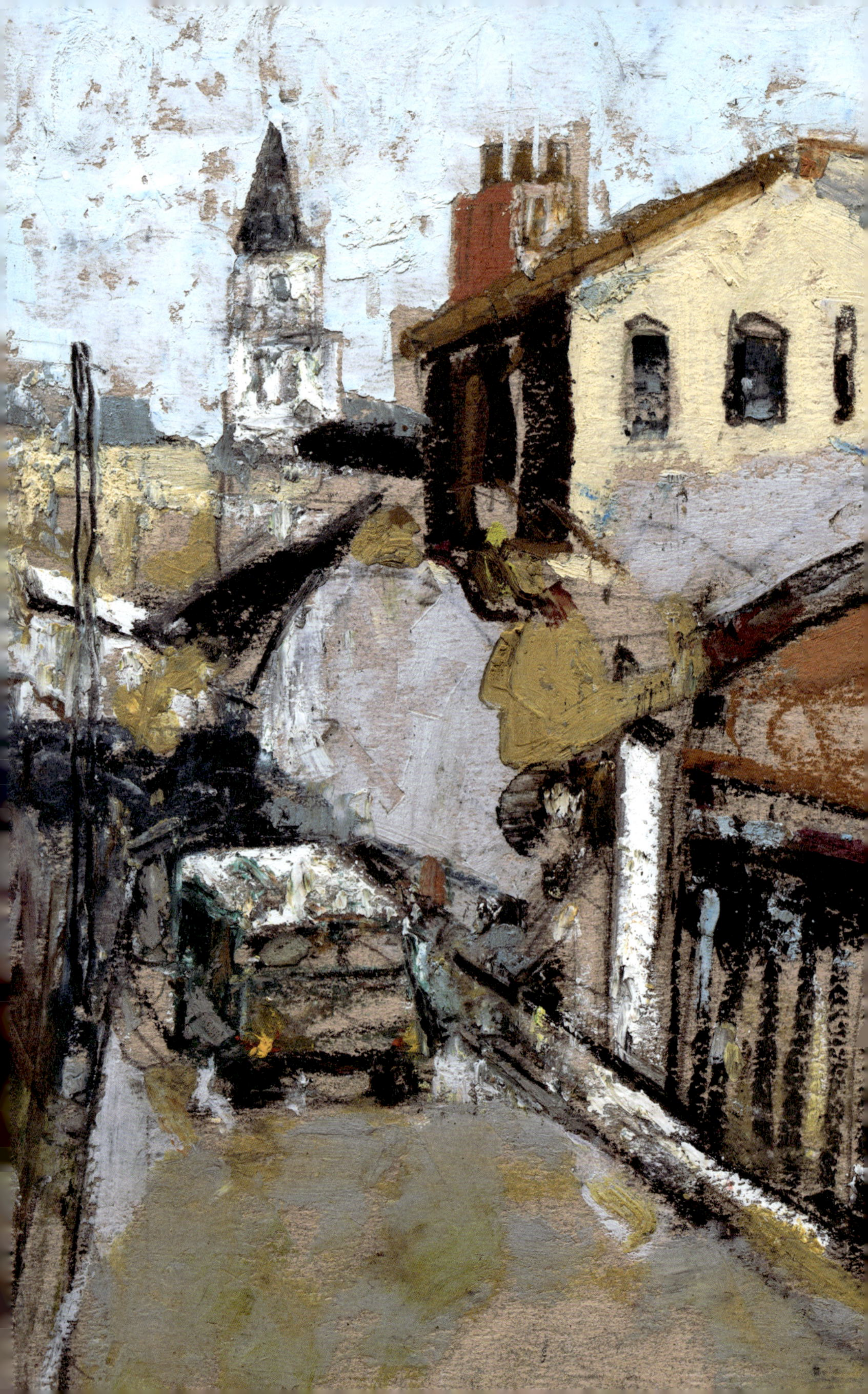

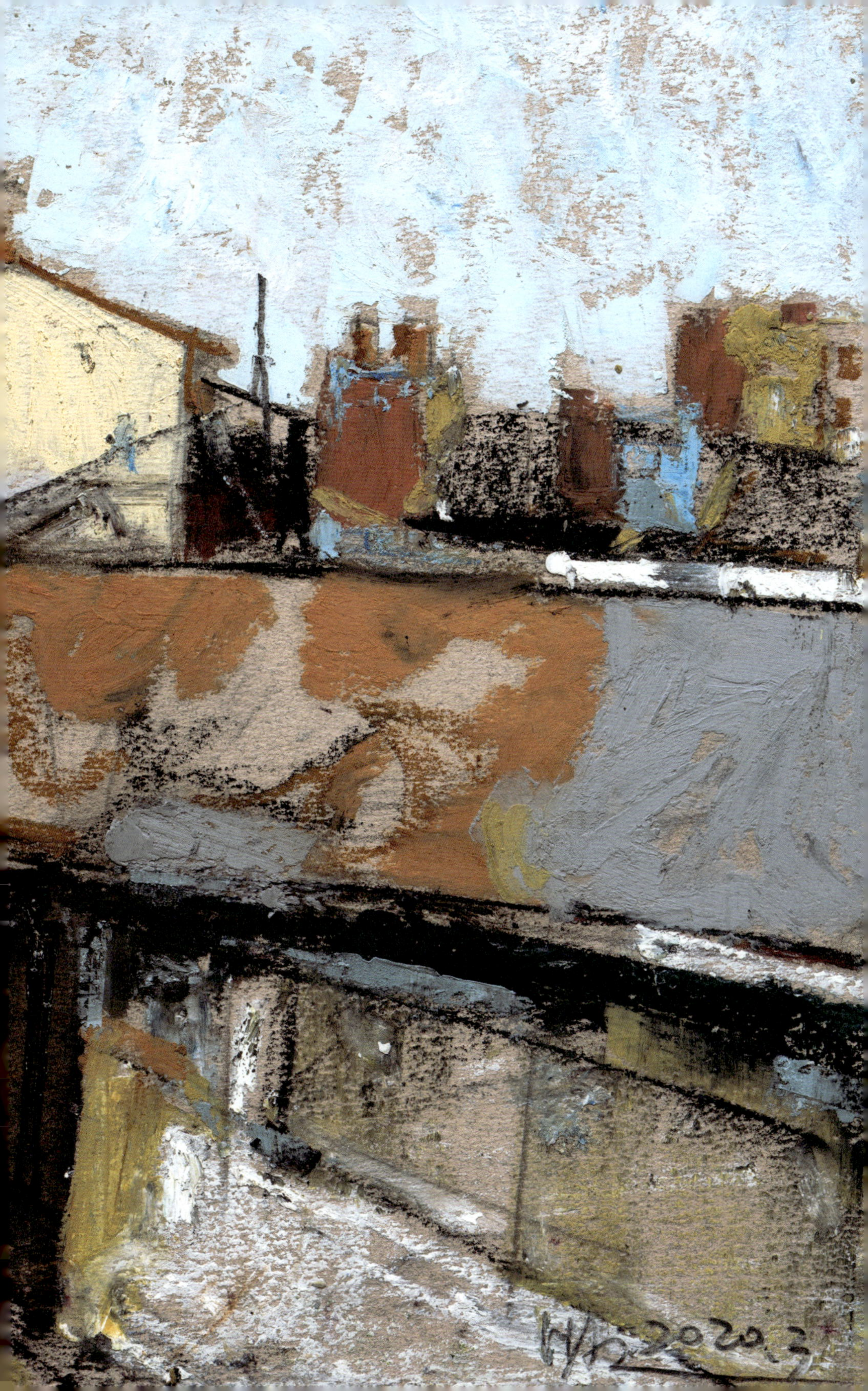

远眺黄浦江

至爱

疫情蔓延如猛兽
截断毒流
冲锋的号角已经吹响
各路英雄齐上阵

扯万丈蓝纱
绕过星岸
引银河的水
浇灌人间的至爱

巧手裁剪
织造千万片口罩
把爱心传递
让人民安全防范
生活在充满阳光的蓝天

滇池路

蓝 天 真 情

阳光下　　　　白衣战士的工作
　　　　　　　高山仰止
　　　　　　　他们是爱的天使
　　　　　　　把阳光洒满大地
　　　　　　　蓝色和白色
　　　　　　　疫情的第一线
　　　　　　　交响着生命的乐章

　　　　　　　把尊重给白衣天使
　　　　　　　阳光的温暖永远留在心中
　　　　　　　爱护他们就是爱护自己
　　　　　　　把灿烂给白衣战士
　　　　　　　在阳光下健康
　　　　　　　他们的健康就是我们的幸福

有风的日子　　六十年一轮回
　　　　　　　雨不停地下
　　　　　　　阴霾席卷九州
　　　　　　　庚子是一个非常的年份

　　　　　　　武汉的冠状病毒
　　　　　　　正悄悄地蔓延全国
　　　　　　　制止疫情

翻山越岭

蓝 天 真 情

共度危机
举国上下为了共同目标

中央做部署
全民齐动员
解放军来了，医疗队来了
火神、雷神来了
那个圆形的小球
送进了千年的窑口
化作温暖人类的温泉

爱并不遥远
铭心的力量
翻山越岭
追赶天外流星
到人间

不管是风还是雨
或是飘过的云
冰天那一枝梅花
绽开无数花蕾
盼望春暖花开
迎接满园的春色

敬畏天地

  我们只有一个地球
  自然是神圣不可侵犯的朋友
  生灵是人类的左邻右舍
  万物生长存于千年万年的演化
  今天的肆虐
  明天自己惶惶不可终日
  敬畏天地万物
  敬畏生灵
  敬畏生命
  我们只有一个地球

心中的天地

蓝天真情

战疫一线的颜色

站在国旗下
一片红色在召唤
冲锋在前
筑成新的长城

天使穿着白衣从天降
守护白色的神圣
严阵以待
把纯洁的爱滋润人心

卫生防疫监管
食品安全保证
街头巷尾城市居民小区
穿梭着忙碌的身影

深蓝浅蓝天蓝色
橙色迷彩豹纹色
在机场街衢商店小区交响
给我们海洋般的胸怀
把至爱送到每个人身边

天使的情战士的义
战疫一线的色彩
化作了天边五彩祥云
温暖如春

红色的岩石

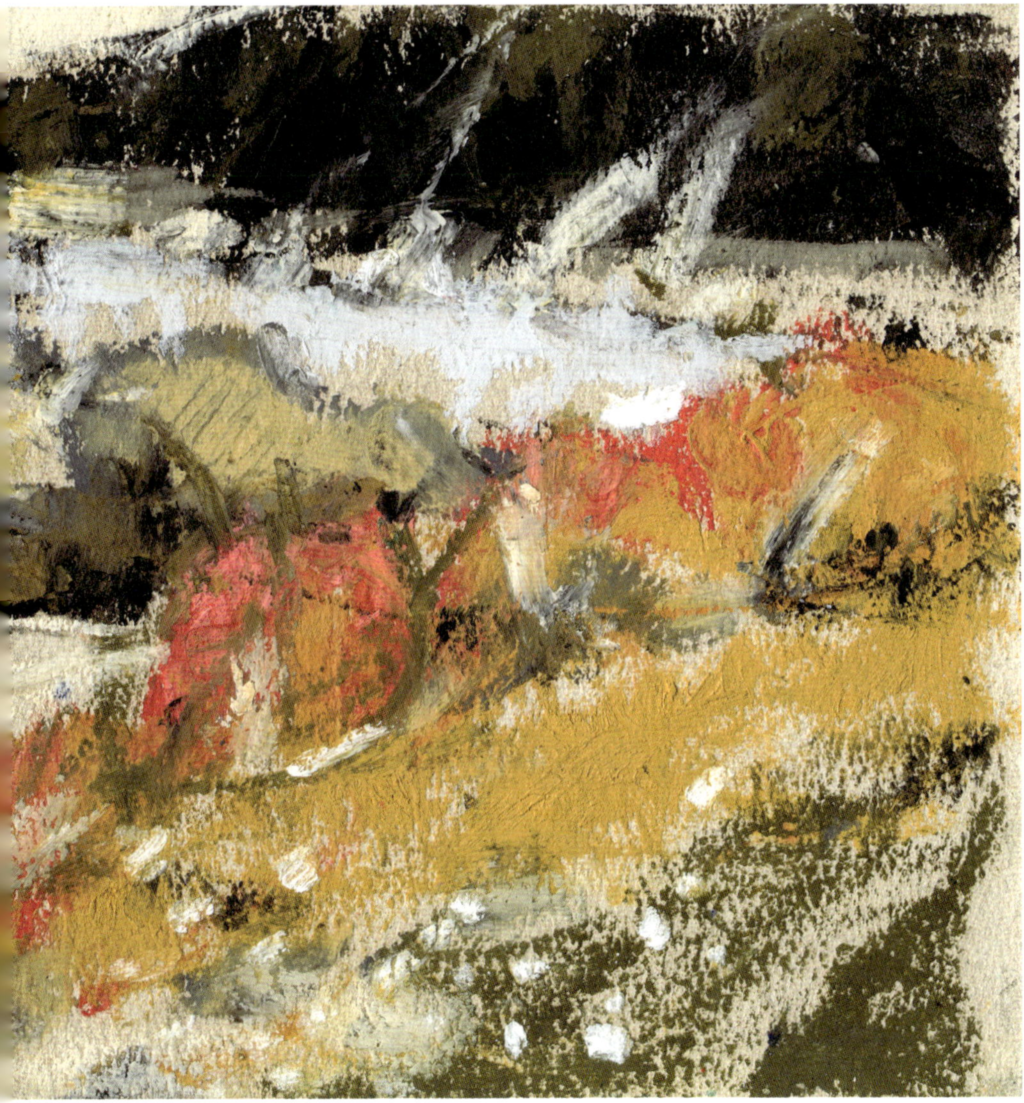

山中荷塘

心中莲花开

我们心中的莲花
盛开在春天
当国家遇上危难
我们献上爱心
为奔赴前方的战士
保驾护送
一路莲花咏诵

为了人民大众
医生舍生去一线
抢救生命
关爱生命
速决速战火神雷神
战疫路上凯歌颂

我们放弃休假
千辛万苦往前冲
白衣天使的装备
帮他们传送
民生的需求
藏在心胸

保证市场供求
维持社会稳定
我们奔向抗疫路
援救物资送前线

轻烟冉冉初匀斗艳争妍着意春，东皇巧妆点无端忙煞看花人。庚子春日阿忠郎村公园昌迓迟归来

留春

莲花纯洁情浓
安定后方暖心融融

看天上飞鸿
穿过七彩霓虹
条条道路呈现英雄
待到春暖花开
奏响凯歌
弘扬苍穹

留春　　樱花如期盛开
太匆匆
蓦然听见窸窣声
风来花瓣一地

一年一度的相逢
天地轮回
只留思念远方
望天际烟雨蒙蒙

归巢的双燕
高飞入云和煦春风
贴近温暖
此心安住是吾乡

樱花

自度曲———韶光·咏樱花　　春光着意妍浓
　　　　　　　　　　　凭香艳重
　　　　　　　　　　　繁花粉黛絮舞中
　　　　　　　　　　　莺蝶浪烟
　　　　　　　　　　　神州载得韶华送
　　　　　　　　　　　共赏琼林花封

　　　　　　　　　　　风雨横
　　　　　　　　　　　多少残红
　　　　　　　　　　　画舸泪雨餐英落
　　　　　　　　　　　帘下暮色照春空
　　　　　　　　　　　独怜翠蛾
　　　　　　　　　　　半作春泥半作梦

十年一觉樱花梦　　　　风吹动
　　　　　　　　　　　万朵花瓣飘落
　　　　　　　　　　　天润湿土沾水双脚
　　　　　　　　　　　花瓣把泥腿染成粉色
　　　　　　　　　　　人海浮沉花

　　　　　　　　　　　一曲高山流水
　　　　　　　　　　　樱花树下遇知音
　　　　　　　　　　　花团锦簇灿烂

取語甚直 計思匪深 愈逢逝人 如見道心 清澗之曲 碧松之陰 一客荷樵 一客聽琴 情性所至 妙不自尋 遇之自天 泠然希音

己亥初夏 阿忠书司空圖诗品實境於滬上

古琴澹澹
永和九年的曲觞
笑看前贤持壶吟诗

坡上胜景览
花枝叶繁
纸上截取一剪
洒落情趣满
粉黛相染
明年樱缘再探

窗前深赏

玉兰花开　　　　三月春风雨带娇
　　　　　　　　木笔高低星满梢
　　　　　　　　檐下飞回旧时燕
　　　　　　　　衔来花枝筑新巢

星满梢

思念　　　　　　透过轻纱泻下的月光
　　　　　　　　窗前的瓶花清赏
　　　　　　　　静远犹如梦境
　　　　　　　　不再是模糊的感受
　　　　　　　　好像思维虚拟
　　　　　　　　步入浩渺的太空

　　　　　　　　草木一秋
　　　　　　　　带来了灿烂的笑容

流年岁月

落叶惆怅了思念
艳阳绚丽去迎接冬
四季的轮回
是心中拥有春

拉卜楞寺

和着夏河的流水
梵钟在黑白之间敲响
围绕寺庙走一圈又一圈
不为来世
只是求得今天相遇
佝偻前行在太阳的脚下
踩着故土阳光
石垒壁上依稀看到
流年岁月如梭
看到了大钟
准备迎接震耳的音乐

山川灵秀

溪涧依山待春风,
立定板桥树荫中。
一波春水绕碧云,
莫辞心绪入庐峰。

大用外腓 真體內充 返虛入渾 積健為雄 具備萬物 橫絕太空 荒荒油雲 寥寥長風 超以象外 得其環中 持之非強 來之無窮

己亥初夏阿成書唐司空圖詩品雄渾於濱上

一波春水

此间江天一空阔林花荟苁无虑成百度尺千里之势也 忠汀

迎接星月

路

山墙栏外种芭蕉,
流年岁月如梭交。
文人不过只几招,
玉人何处教吹箫。

城市

城市的魅力
不在于高矗的玻璃幕墙
光怪陆离
不在于水泥的坚硬
冰冷的空气

别有烟霞怅望
形而上的天生之美
晴雨交加
带来物体与物体的对质

超越时光永恒的感觉
唤醒柔软的归属
无须作花巧的描绘
抵御城市喧嚣
看不复返的弄堂烟火

俯拾即是 不取诸邻 俱道适往 著手成春 如逢花开 如瞻岁新 真与不夺 强得易贫 幽人空山 过雨采蘋 薄言情悟 悠悠天钧

己亥初夏阿忠心之唐司空图诗品之自然于拾微堂

小舟泊水边

小舟沿水边舍北舍南滩声卧平子亥

三圣教堂

蓝 天 真 情

梧桐的街　　梧桐的街
　　　　　　枝干与电线交接
　　　　　　梧桐叶的颜色
　　　　　　分辨了季节

　　　　　　三月的春
　　　　　　绽出了嫩芽
　　　　　　繁叶与飞絮烹制了
　　　　　　晨曦的色彩

　　　　　　盛开的浓郁
　　　　　　梧叶构筑了心情
　　　　　　叶隙间漏下的光斑
　　　　　　融化了午休时光

　　　　　　桐花纷扬
　　　　　　梧桐树叶落满地
　　　　　　色彩斑斓
　　　　　　铺设归年似锦

　　　　　　冬天都是因为
　　　　　　盼望积雪在梧桐之上
　　　　　　迎来超乎想象的外部空间
　　　　　　草色遥看待春风

后 记

黄阿忠

写诗大概有五六个年头了，我不知道自己是从哪天开始写的，糊里糊涂地写着写着就写开了。

我不懂平仄，但喜欢唐诗、宋词，至于现代诗很少涉足，什么派别、哪些名家亦知道不多。我写的那些诗，可能也算不上"正宗"，但是现在还没有一个评估诗家是否正宗的机构。不过我觉得写诗就如同说话，每个人都会，无须评估，只要把你想说的话概括、提炼，排列成长长短短的句子，或许就是诗了。的确是这样，关键是你愿不愿意去做罢了。

我的那些诗，则是将眼前打动你的景色、经历的一些事情、看到了一些风景以后，把心里以它们给我的感受想要说的那些话写出来，排排顺序而已。没有平仄、韵脚，写得自由自在，反正是现代诗、自由体，该长便长，该短便短；有感而发，想说的话多诗便长，说的话少则诗短，无话则止。几年下来，竟也积累了几百首。

这些恐怕是我对于现代诗肤浅的认识，其实，诗、词还是有道道的，学问很深。旧体诗、格律诗讲平仄、对仗、押韵、用典等；新诗、现代诗激情、抒怀、韵律，虽为自由然亦有法度。

从古到今，很多画家会写诗，比方说倪云林、徐渭、八大、石涛、齐白石等；诗人会画画，比如王摩诘画雪景、苏东坡画朱竹。古人讲究题款，而且最好是用自己写的诗，有时候经过诗的评点，画面上的山山水水就活了起来，从而品出了意境。我以为诗是提升画作境界的一种辅助，或许也是"诗中有画，画中有诗"这句话的意义所在。

而自由体、现代诗，则需要有自然画面的感受、静心的思索、思绪的放飞。高山碧浪、云雾烟霭历历眼前，终在句式中体现；深刻铭记的哲思、生命的本质，在长短的文字中营造空间的肌理，流淌出灵魂。一抹青山，天空是广阔的；万里无云，大海是浩瀚的，诗是自由自在的情感抒怀，激昂表达。蒲公英应该构成一幅图画，花絮飘散飞扬，而犹如诗心漫步天涯；闲云散月可以飘浮在诗句，心素脱俗雅得天韵，而画境亦在其中。

绘画激情、文人气息，诗心诗性、画意画境。诗情画意，诗画连为一体。

我的诗和画是相通的。看一片蓝天，我会感受到它的色彩；听海的惊涛骇浪，我会联想到白色的浪花。涧水于乱石嶙峋中流过，很有画面感，但是水的流动，又带给你很多想象；喜欢登临，于高处往下看，或翠山连绵，气象万千，或房舍鳞次栉比，有疏密、有节奏，它们是画亦是诗。花荷无语，然雅俗在于诗性；烟林清旷，画意中必有诗情。

诗言志，在诗中把理想、志向抒发。诗不必求正宗与否，但必要真情流露；诗传达了一种精神，将胸怀一并装入山河。

2020.6.14

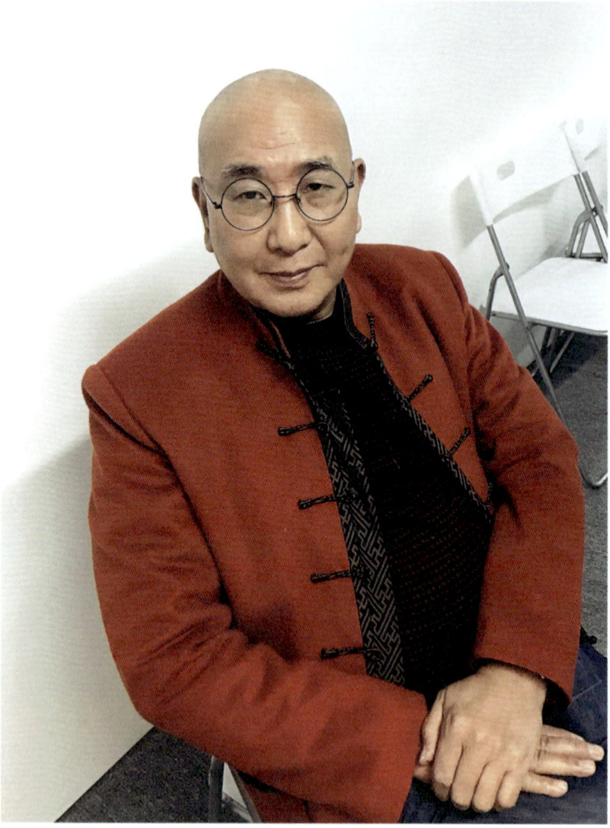

黄阿忠：1952年生于上海，毕业于上海戏剧学院，现为中国美术家协会会员、中国油画学会会员、上海市文史研究馆馆员、上海美术家协会常务理事、上海美术家协会油画艺术委员会主任、上海作家协会会员、上海市长宁区美术家协会主席、上海市崇明区美术家协会主席、上海大学美术学院教授、博士生导师。

图书在版编目（CIP）数据

闲云散月：黄阿忠现代诗选 / 黄阿忠著 -- 上海：
文汇出版社 2020.10
ISBN 978-7-5496-3274-9

Ⅰ.①闲… Ⅱ.①黄… Ⅲ.①诗集 – 中国 – 当代
Ⅳ.①I227

中国版本图书馆 CP 数据核字（2020）第 136275 号

本书由上海市文史研究馆资助出版

闲云散月——黄阿忠现代诗选

著　　者 / 黄阿忠
责任编辑 / 鲍广丽
整体设计 / 袁银昌

出 版 人 / 周伯军

出版发行 / 文汇出版社
　　　　　上海市威海路 755 号（邮编 :200041）
经　　销 / 全国新华书店
排　　版 / 上海袁银昌平面设计工作室
印刷装订 / 上海雅昌艺术印刷有限公司
版　　次 / 2020 年 10 月第 1 版
印　　次 / 2020 年 10 月第 1 次印刷
开　　本 / 720 × 960　1/16
字　　数 / 50 千字
印　　张 / 17.5
ISBN 978-7-5496-3274-9
定　　价 / 128.00 元